《HOME绿城》杂志是绿城中国的品牌内刊，杂志定位为『品质生活、人文读本』，承载着绿城作为人文企业和公益事业的理念。自2002年1月创刊以来，《HOME绿城》已走过15个年头，以其浓郁的人文理想气息在诸多企业内刊中形成了自己独特的风格，赢得了诸多忠实的读者，并曾多次荣获全国内刊年度『好杂志』特等奖、『浙江房地产优质报刊』等奖项。

珍贵的生活

《HOME 绿城》编辑部 主编

GUANGXI NORMAL UNIVERSITY PRESS
广西师范大学出版社
·桂林·

图书在版编目（CIP）数据

珍贵的生活 / 《HOME 绿城》编辑部主编．一桂林：广西师范大学出版社，2017.10

ISBN 978-7-5598-0230-9

Ⅰ．①珍… Ⅱ．①H… Ⅲ．①访问记－作品集－中国－当代 Ⅳ．①I253

中国版本图书馆 CIP 数据核字（2017）第 216885 号

广西师范大学出版社出版发行

（广西桂林市中华路 22 号 邮政编码：541001
网址：http://www.bbtpress.com）

出版人：张艺兵

全国新华书店经销

湛江南华印务有限公司印刷

（广东省湛江市霞山区绿塘路 61 号 邮政编码：524002）

开本：890 mm × 1 240 mm 1/32

印张：7.5 字数：192 千字

2017 年 10 月第 1 版 2017 年 10 月第 1 次印刷

定价：50. 00 元

序

有时我们会行走到城市的边缘，远眺一城灯火。在那么空旷的地带，我们换了一种呼吸。城市灯火的深处，每个人都希望有一个温暖的家，具体可感。

有时我们也会行走到抽象的边缘，在自家的庭院里种上蔬菜，而不是拿一般等价物——钱去买。在那么纷繁的城市，我们换了一种态度。我们希望家里的一切，应该有它的播种期和收获期。

《HOME 绿城》是绿城的一本内刊，这本内刊已经十五周岁，“与你为邻”是其中的一个栏目。绿城的业主中有各行各业的杰出代表，他们在各自的领域里熠熠生辉——奥运冠军、茅盾文学奖获得者、企业高管、演艺界的明星，还有很多精英人才，以及具有工匠精神的劳动者。他们又是我们身边的邻居。邻里守望，让《HOME 绿城》这本杂志愈发充实、丰满，带着温暖的情意。

我们希望，《HOME 绿城》不仅仅只是一本内刊，它还可以把它所携带的温暖与情意，传达给更多的人。有多少当下，便有多少过往。这本杂志关心家园和传统，前者让人温暖，后者让人踏实。踏实和温暖，是我们对心灵的祝福。

于是，有了这本书。

我们溯流追源，我们旁征博引，我们低调向上，我们侧耳聆听。我们努力寻找热爱生活的人，在纸上打造另一个绿城，比平面更具体，也比声色多一点体温。。

我们提供阅读的时候，努力提供话题和视角，这是对家庭的补益；我们触摸产业的时候，企图触摸人的行事和灵魂，这是对传统的善待。我们倾倒于美，但更被真实和善良吸引；我们希望自己有力，但弱小者从未离开视线。内容纷呈，精神就是湛蓝天幕上的星子。

我们重理家园和传统的秩序，相信在那璀璨深处，有我们看不见的风景。

唯有生活最珍贵。

《HOME 绿城》编辑部

目录

※ 人物按照姓氏拼音排序

常青，1965 年生于四川成都。1989 年从中国美术学院油画系毕业留附中任教，1997年调油画系任教。现为中国美术学院油画系副教授。其作品曾在中国以及韩国、新加坡、日本、德国、美国、英国、法国、保加利亚等地区的美术馆和艺术机构多次展出，并被中国美术馆、上海美术馆以及浙江美术馆等国内多个重要美术馆永久收藏。

常青：说白了，你是在找你自己

撰文 | 小西

名片

常青粗眉大眼，胡子浓密。不用换装，就像从电视剧里下来的——一拍桌子，喝一声：拉出去毙了。立刻从门外进来两个军容整肃的卫兵。

匪气吧。他自嘲。

但又不尽然。下一秒，似乎就能来上一段长长的内心独白。

四川出生。似乎是对上号了，但他不以为然："我是河南栾川人。"

又说，其实我从小就随父母河南、四川、西藏到处跑，这儿待一年，那儿待两年。

没有根的概念，也没有故乡这种字眼，哪儿都是故乡，哪儿的故乡都在远方。在河南说一口河南话，在成都就说一口成都话。

末了又回过来：有那么一点儿四川吧。

四川人，有点像西班牙人，看重的是你血脉里最原始的东西。你嗓子能吼多高，你的腿能抬多高，能画成什么样。他说，那种性格，助长的是一种大喊一嗓子，疯狂地画几张画的存在感，而不是浙江人骨子里的生意人性格。

画室二楼的尽头，一幅不大的自画像在墙的一角，袒胸，表情混不吝，是醉是醒？

"其实杭州才是我待的时间最长的城市。"他说。"但别人看我，总觉得是一个外乡人。"

记忆

常青刚从欧洲办完个展回来。

先去了伦敦，在伦敦艺术大学切尔西艺术学院作了一周的"（何处）立足社会现实主义"个展。随后到巴黎，在法国老牌的拍卖机构巴黎德鲁奥拍卖行作了场为期十天的个展，题为"一种记忆的速写"。在巴黎的这场展览，还是"不眠之夜"（NUIT BLANCHE）活动之一，这是巴黎一年一度的艺术白夜。

作品是同一个系列——水墨人物画。他作为一个油画家这几年却一直在画水墨画。

水墨画中所表现的是些似乎再熟悉不过的市井人物：工作中的盲人技师和客人，唾沫横飞的生意人，大腹便便的食客，路边的鞋匠。他的笔意飞扬，但却一眼就能辨认出路人甲乙的各自表情；戏谑背后，又似乎隐隐有种针刺感。

收藏家、德鲁奥拍卖行总裁乔治·戴莱特赫的评论是："常青再次证实了被当代艺术重创的写实派和现实主义艺术并非陈旧过时。"

小人物系列开始于2011年前后。

2005年，常青画中的小人物还未出现。那是中国经济进入一个新阶段的开始，而进入疯狂状态的艺术市场大约可以作为一个佐证。

物质带来了喧嚣，规则开始混乱，人们急切地需要标榜自己的存在感。常青用一张廉价的长桌记录下了这一幕：争相出镜的是杂乱的食物、易拉罐、廉价的塑料袋、塑料餐具。满目杯盘狼藉。人未出场，嘈杂的人声却在耳边。

2008年，人开始进入。一幅关于小河的画作，记录的是2006年一个初冬的清晨，5点，天色灰蒙。“小河”不是指一条小河，而是杭州城北一个渐渐消失在人们记忆里的地名。今天的杭州人，大抵只记得那个地方叫“登云路”。2006年的小河已经在城市发展进程中从热闹地界成为一个类似城乡结合部的所在。在常青的画里，公交车、自行车、行走中的人，向着不同方向，匆忙，杂乱；然而每个人都有着自己明确的方向，奔着自己的生活而去。那个2006年的清晨记忆，10年后荡然无存，那个拐角，已是一个现代化楼盘。

再然后，他的镜头对准了人。那些他生活周遭的芸芸众生，甲乙丙丁。

“所有的东西都是建立在我们的记忆里。你看失去记忆的人脸上的表情，一片空白。当记忆被清除，这个世界就将荡然无存，如同从没存在过。我总是试图用绘画的方式，记录下一些对我来说重要的东西，用画笔来加持这部分记忆。人，我想，是最鲜活的表达。”

了断

1987年中国首届油画展，还是大学二年级学生的他以一幅静物画参展。按照那时的常规路数，静物画出不了大作，也没人去碰。

他觉得奇怪：为什么？

那是一只破损了的旧时瓷碗，在一张老旧的红色八仙桌边缘，反射着静谧的光。

瓷碗的走红程度，不仅引发了“瓷碗画派”——模仿者纷起，据说直到1999年，中国美院油画系还有一个毕业生依样画葫芦画了一批，被收藏家悉数收购。

这桩事在很多有关常青的记述中被不断提及，不过不同版本都有些微差异，而在画家的内围圈子里，常青还被戏称为“中国油画界奔小康的带头人”。

瓷碗是后来他的一系列古典油画静物画的开端。

漆器果盘，旧式梳妆台，老皮箱，油灯。

安静，细腻，满目的灰尘感，随时给眼前的看客上演一段咸咸淡淡的故事：战乱，爱情，悲欢离合。

常青的父亲早年是中国人民解放军第十八军的，就是解放西藏的那支部队。常青的父亲在军中是文艺兵，画国画。后被部队保送至重庆的西南艺专，也就是今天的四川美院，学习国画。在重庆，他认识了同样多才多艺的常青的母亲，组成了家庭。全家七口人，外公外婆，父母，三兄弟，各种方言混杂：广东梅州的、湖北襄樊的、河南栾川的、四川重庆的。大家各说各的，倒也都不妨碍交流。

他的少年时代，印在搪瓷杯上的都是些“一不怕苦，二不怕死”之类的语录口号，但他的外公外婆保留的却是另一种东西。那种差异，就如同书上的知识和家人口述中的事情。互相审视，互相补充。

他还画了一些古典仕女系列，同老器物的画风一脉相承：昔日光华。

古典主义，原是他为自己规划的一次逃离。从主流的俄罗斯现实主义道路上逃离。

2001年，他在上海美术馆举办了首次个展，并为自己策划了另一次更大的逃离。

在上海美术馆的个展之后，先休息了两年，到处玩，完全不碰画笔。他用这种方式来寻找一些离内心更近的东西。

按他的说法，那场回顾性的个展是一场葬礼，同自己的过去做了个了断。

直到2003年“非典”，他在画室里重拾画笔。

2004年，中国的艺术市场开始疯狂，他开始闭关，远离市场。

碗（38cmX46cm）1987　布面油画

这些年他把自己关在画室中，做各种各样的尝试，10年中，从油画转到色粉画、丙烯画、蜡笔画、水彩画，最后转到水墨画，彻底落到了纸本之上。

要放弃一个很成功的东西，丢弃已有的名声，谈何容易。然后，要找寻一个超越过往的东西，更是难上加难。

那是左冲右突的10年。忙乱，探索，尝试着各种风格的表现。

又是最过瘾的10年。没有市场的干扰，只有艺术和艺术家之间最本能的关系，不断地寻找最舒服的状态。

“这是冒险，一定是个冒险。所有人都不清楚你要干吗，而你自己似乎清楚，你要毁掉一切，去创造一个崭新的东西，并且要稳操胜券。我喜欢这样的冒险，如同经历狂风暴雨，我喜欢对自己有更高的要求。说白了，你是在找你自己。找你自己天性、本能和力量。你会越来越接近你自己，你会找到你自己，你到哪儿都跟着你自己。那是你的一部分，最舒服的一部分。”

15岁

常青的古典系列里，有几张的模特很眼熟，是周迅。很多年前的周迅。

他认识周迅的时候，迅哥儿不过15岁的小姑娘，他也才刚从国美毕业。20多年过去了，关系照旧铁，买绿城的房子，也是周迅拖着去的。

“小姑娘”如今成了大明星。所有的艺术都需要天分、慧根，那是骨子里天生的东西。

艺术评论家彭德写过常青的15岁，很有意思。

“15岁时，常青考入四川美院附中，其间先后8次被学校报请教育厅开除学籍。罪状有两条：一是酗酒闹事；一是一贯性的目中无人，声称只有伦勃朗和米开朗基罗才会画画，学校于是认定该生不可救药。”

“开除常青的请示报告每次上交后都被驳回，因为教育厅的当事人同常青家是邻居，认定这假女子从小天真无邪，不可能突然变得如此嚣张。不过除名的厄运并未就此中止。1984年，常青考入中央美院，学院根据四川美院提供的材料将常青除名……好在常青在艺术上有着顽强的生命力，否则便永远无缘进入画坛。”

信息量挺大。

15岁，天生会演戏和天生会画画，都已经看得见了。

他说自己小时候根本不怎么学画，也没人教，家里人都画画，画具也在，随时就能画。各种画册也是随处可见。直到后来进美院了，才有学习画画的感觉。1984年那年考中央美院，考水粉，时间是四个小时，他画了一个多小时就交卷了，还出来同监考老师寒暄

偶遇 （68.5cmx137cm）

盲人按摩 （69cmx137.5cm）

了几句。后来成绩出来了，他考了第一名。这个世界有两种人：一种人生来就是属于画布的，他们天生知道画应该怎么画；而另一种人则是通过学习，一点点积累，一点点进步的，这是大多数。

以第一名的成绩考入中央美院，被除名的理由是这个学生“太骄傲，太狂妄”。

就考了中国美术学院。

在他看来，自己会变成什么样子，从自己小时候就已经隐约知道了：一个伟大的艺术家。每个人的命运和角色不同，背后都有一张任务单，只是有些人清楚，有些人糊涂。从这个意义上讲他是有使命感的。

“当然，你的付出必须也是相应的，天分往往让人为此负累辛勤。少年锋芒毕露，受挫，然后呢？慢慢慢慢你披上了世故的外衣，大家又觉得你很没趣了，不真实了，然后呢？失落也好，磨难也好，这些都不重要，照单全收。重要的是你明白自己就像是一座矿藏，要努力把它开发出来。这肯定不会是一个通途。”

小河 （51cmX65cm） 2006

冈田武史是个有名的事业狂人，足球几乎占据了他的全部。让他谈谈足球之外的生活，冈田想了半天，还是说不上来。“我的生活就是足球吧。”他这样回答道。

冈田武史：我的生活就是足球

撰文 | 李琛

聊生活

“是的，我是买了一辆自行车，这是和小野刚一起在绿城·杭州桂花城对面的物美超市买的，主要是为了放假时能够方便些。我的骑行路线也很固定，就是去西城广场买些生活必需品，到银行取点零花钱，到面包店买点面包吧，也就这些了。”

冈田武史称，来到杭州后，和他之前想象的生活还是有点不一样。一个很大的原因就是不能开车，虽然俱乐部给他配了专车，但他自己却没法开：“我在日本的驾照在这里不能上路，这样的话，就比较麻烦了，哪里都去不了。原本来中国之前，也有自己的生活方式，偶尔放假的时候，出去看看景色，旅游一下，现在不能开车，打的也麻烦，就懒得出去了。买辆自行车总是方便些吧。”

冈田武史是个有名的事业狂人，足球几乎占据了他的全部。让

他谈谈足球之外的生活，冈田想了半天，还是说不上来。“我的生活就是足球吧。”他这样回答道。

“在球队放假休息的时候，我的放松方式一般是上午打扫、洗衣服，然后出去买一些生活用品，下午和同事一起看足球，晚上大家一起吃顿火锅。我在这边的日本朋友不多，除了教练组外，没有其他的人际关系。做这个工作，平时的生活没有外界想象得那么精彩。我的放松方法，就是打扫房间、洗衣之类的。我在日本执教的时候，当时喜欢住在酒店里，因为所有的事情都由酒店的工作人员来做。我就一直在房间看足球视频，我夫人认为我这样下去人都会疯的。后来，她建议我搬出去住，搬到公寓后，我在休息日自己洗洗衣服，做点家务，也算是自我调节一下。”

冈田称自己平时的一点小爱好就是跟同事去餐厅吃饭，喝点小酒，问他“能否喝一斤中国白酒”，冈田笑而不答。

谈足球

接手绿城足球俱乐部后，冈田武史挖掘出来的年轻球员之一是陈中流，他对陈中流评价非常高：“他这个年龄，这个水平，在日本也非常少见。”不过，陈中流似乎有些辜负了冈田的良苦用心，一直没能在中超队体现出自己的能力。“我的确对他的期待很高，但他目前的状态达不到在中超站稳脚跟的要求。我在等待他自己发现问题，进而自己去改变这些。”

冈田打了个比方：“虽然他有好的天赋，就像一朵花，如果有人从外部给他浇水施肥，他会开得好，但是不一定会有扎实的根基。我现在不给他浇水也不给肥料，看他能否凭借自己的顽强来开出属于他的花朵。”不过，最后冈田还是忍不住说了句：“虽然他最近开始努力地生根，希望有所进步，但他其实还没有完全感觉到，或者说他还没有完全意识到自己的才能。日本的球员更多的时候有自己的野心和上进心吧，中国球员也有，但没有日本球员强烈。也许中国球员有着比日本球员更出色的天赋，但他们大多太满足于现状了。”

“我常常和我的球员说要自律和自我负责，还要有帮助球队获胜的忠诚。但中国的教练常说：‘你必须管教中国球员。’比如规定宿舍关门时间、晚上查房等，我阻止了他们的这种做法。虽然这也导致了一些问题的产生，但是球员们已经逐渐意识到自我管理的重要性，并开始有所改变。”

“后来，有人告诉我说有球员在比赛前夜偷偷从酒店溜了出去，我说：‘我信任你们。我并不认为你们的行为是可以原谅的，但我会再给你们一次机会。我希望偷偷溜出去的人能够站出来承认。’我的中方助理教练说不会有人来的，但却有5名球员来承认错误。我告诉这些球员：‘如果你们再背叛我，我就不可能再原谅你们了。’其中一名球员又犯了相同的错误，我只能开除他。这样做我很难过，但为了球队只能这样。”

侃全运

“在日本，全国运动会与职业的足球俱乐部是没有关系的。我不理解为何在中国，以省为单位的对抗居然如此受重视。后来有人悄悄告诉我，成绩将会对官员的升迁产生很大的影响。”

在一次和体育局官员一起吃饭的时候，他们对冈田说：“希望这支球队能打入全运会前三名，你一定要当全运会队的教练。”冈田告诉他们，把青年队员抽掉的话，一线队就不可能跟其他强队对抗。他要带队打好中超比赛，不可能接手全运会。

最终经过种种考虑，冈田还是成了浙江省全运会足球队的总教练。

在中国，人际关系似乎显得格外重要。一些球员也似乎更为看重人际关系的构筑，而将提高自己的球技放在了其次。在日本，足球环境更开放些，队员没必要去搞这个人际关系，把自己的能力展现出来就行了。在这种环境下，大部分日本球员可能在职业素养方面会高一些。“当然我并不是说中国的所有球员都缺乏职业素养，还是有一些球员是具有较高职业操守的。”冈田补充道。

对于中国足球圈里的人际关系，冈田讲了一个例子：“在考虑球队人员配置时，由于没有很翔实的关于中国球员的信息，所以我会参考中方教练的建议。但由于中国的转会市场并不透明，这些教练也不得不通过自己的人际关系，来介绍自己关系范围内的球员。这是无可奈何的事实。”

评老板

在绿城集团内部，是没有人敢于挑战宋卫平的权威的，但是，冈田武史是个例外。去年，老板叫他多用年轻队员，冈田并没有听从。在杜威的去留问题上，冈田武史也和老板持有不同的看法。

问他对宋卫平的印象，冈田立马跳出一句话——一位拥有绝对权力的人。“从他的习性和工作作风来看，他是一位有着全方位的绝对权力的领导者。但他是个好人，我欣赏他，首先他热爱足球，他有自己的梦想。另外，他是用自己的能力成就这番事业的，是他自己获得的，非常不容易。”

如果不具有绝对强大的实力，能够在事业上取得如此巨大的成功，想必是件难事。在足球方面，宋卫平的做法想必也并非出于恶意。他只是认为自己有权选择球员和教练。“我没法期待他能理解我生气的原因，但我们进行了交流，现在我们相处得很好。”

“说实话，今年引入球队的外援的表现并不如期待中那么理想。这是我的责任。如果可能的话，我希望在夏季转会窗口开启后，能够更换球队的外援配置。预算方面需要征得老板与俱乐部的同意，如果没有足够的预算，那也没有办法。”

忆续约

去年年底，冈田武史和绿城足球俱乐部续约两年，一方面，冈田可以有足够的时间来打造这支队伍，另一方面，他也要为实现自己的理想而奋斗。事实上，在去年连败等多种因素下，冈田一度打算在年底离开中国，而最终促使他留下的主要原因还是球迷的热情。

他说：“在上个赛季中期，我有过不再续约的想法，但有一件事情改变了我的想法。印象最深的是前往与大连实德的客场比赛之前，30多名绿城球迷赶到机场，尽管球队当时境遇非常困难，但球迷们仍然笑着为我们加油，还在现场为我唱*Happy Birthday*，请求我能够留下来与绿城续约。当时，我们一直没能赢球，我以为球迷们会骂我的，但他们没有！那一刻给我印象太深了，真的非常幸福，也非常感动，因为我感到了自己是如此地被需要。

“我在飞机上考虑了很久，如果说我过去是为了实现自己的梦想来到中国的，那么自那一刻起，我认为我的想法错了。我意识到今后我不应该仅仅为了我自己，也应该为了球员、工作人员以及他们的家人，还有可爱的球迷服务。此后我就开始积极地朝续约的方向考虑问题。”

杭州市雕塑院隐于植物园西隅，在这片香樟和雪松遍植的密林坡地之中，收藏着为林岗赢得极高艺术声誉的雕塑作品。而作为此间的主人，林岗穿着宽袍大袖，一副深藏功与名的随意模样。

48岁的林岗是杭州市雕塑院院长，在杭州，从游人如织的西湖景区到闹市之中的寻常巷陌，很多城市雕塑都出自他的手笔。用这种方式，他的艺术灵感和思想性情，都化为了这座城市的一部分。

林岗：雕塑城市，镌刻人生

撰文 | 林晗

少年与刀

六公园有一组“惜别白公”群雕，用诗意的手法展现了当年白居易离任杭州刺史时，百姓扶老携幼前来相送的场景。这组由林岗设计的群雕伫立在西湖边，正对着杭州少年宫，那里正是林岗开始学习美术的地方。

“那会儿上课不务正业，拿铅笔盒挡着偷偷刻各种动物的印纽玩儿，其实老师在上面都看着，估计睁一眼闭一眼。”初中时的小细节林岗还记得，幸运的是他遇到了尊重孩子兴趣的好老师，“结果老师说，既然有兴趣就好好学，推荐我去参加少年宫的美术班”。

20世纪80年代初，少年宫的美术兴趣班并不像现在这样大规模地收费招生，老师的推荐给了林岗艺术启蒙的机会，也因为家庭背景的关系，从小耳濡目染使得林岗对美术的兴趣异常浓厚。

惜别白公

“我从小就受父亲影响，对美术感兴趣。”林岗的父亲当时在浙大美术宣传队，浙大门口挂着的《毛主席去安源》铁皮画就是他父亲参与制作的。

家学渊源，加上兴趣天赋，在艺术的汪洋里，林岗一发而不可收，而冥冥之中，历史的机缘也正默默地眷顾着他。

“在美术班，我听到了美院附中恢复招生的消息，决定去报考。”林岗说。1982年，美院附中在“文革”后首次恢复招生，办学条件异常艰难，连桌椅板凳都是东拼西凑的，那一届全省只招了30个学生，包括林岗在内，这30人可以说是名副其实的幸运儿。

那是一个艺术思潮遭遇空前撞击的年代，其后史称的“85美术新潮”，指的就是当时出现的以现代主义为特征的美术运动。那也是一个浮躁和激进并存的年代，一大批年轻艺术家随之涌现，他们渴求着打破束缚、正视未来。

在这样一个狂飙突进的历史浪潮中，林岗拿起了他的刀。

“当时美院附中的马玉如校长送了两把似乎是从国外带回来的雕塑刀给我，那一刻令我至今难忘。”林岗说。也许这就是某种奇妙

的机缘，为他将来的艺术道路指明了方向。

1985年，林岗如愿考上中国美术学院雕塑系，少年与刀的相遇，碰撞出了一个属于他自己的时代。

雕塑艺术家

城市雕塑，是城市的文化标志和象征。从这个层面理解，城市雕塑应该是最让人有成就感的艺术，因为艺术家的作品完全演变为城市生活的一部分及城市人文的载体，时光易逝、人事变迁，雕塑却能够不朽。

20世纪80年代，雕塑还属于相对边缘的艺术门类，城市雕塑也完全是刚刚起步。1990年进入雕塑院的林岗没有想到，日后城市雕塑的蓬勃兴起，使其有幸参与了杭州诸多城市雕塑的创作工作。20多年的历程，在杭城的景致中，也深深烙下了作者勤勉的艺术印迹。

事实上，杭州历来是我国金石书画艺术的重镇，造型艺术在这里的湖山之间有着深厚的历史积淀和人文传承。杭州城市雕塑的建

水田畈

设，在国内算是起步很早的，堪称现当代城市雕塑艺术的肇始之地。据说早在20世纪二三十年代，西湖边就立起具有现代意味的城市雕塑。1934年，淞沪战役阵亡将士纪念碑，这座中国首个抗战题材的雕塑作品在杭州落成，时任杭州艺专雕塑系主任刘开渠担任了纪念碑的创作设计工作，并因此作在业界成为标杆，从中不难看出后来共和国开篇大作人民英雄纪念碑的影子。

生于斯长于斯的林岗，从小就为杭州富有意趣的城市雕塑所着迷。印象最深的就是小时候爬上孤山，骑在“鸡毛信”雕塑的羊身上拍照片。孤山后山腰上的“鸡毛信”雕塑建造于1968年，是根据电影《鸡毛信》中的主人公海娃塑造的放羊娃和白色五羊的水泥像，而林岗出生于1967年，关于这组雕塑的记忆丰富了他的童年，更让他确信自己和雕塑早就结下了不解之缘。

2000年，太子湾“山水人”西湖国际雕塑邀请展，以及2001年，孤山“岁月如歌”西湖国际雕塑邀请展，林岗都参与其中，组织筹划。在西湖的清风明月和疏影横斜之中，众多来自世界各地，或张扬、或美妙、或蛊惑的雕塑作品静静伫立，被突现、被柔化、被处理得恰如其分，雕塑与环境的完美契合成为这两次展览的最大特色。

马可·波罗

品（西湖国际雕塑邀请展）

淞沪战役阵亡将士纪念碑

陈英士

孤山雕塑展中，强调的是与孤山特定人文风貌和自然环境的协调，“自然美景是需要人力的参与创造来为其增色的”。在这次展览后，他的雕塑“品”就一直留在了孤山脚下，孩童们最爱玩耍的草地上。用这种方式，他和童年的自己完成了一次诗意时空的对话。

关于雕塑“品”，是作者对人文情怀的坚持和艺术品格的担当，“很庆幸能用一生的时间细品西湖的春夏秋冬”。稚子有幸，在如此婉转美丽的西湖边开启了艺术世界，而林岗也为西湖贡献着全部的艺术灵感。

2002年，西湖综合保护工程启动，现在让游客们流连的西湖南线、雷峰塔、杨公堤等等，都是这项庞大工程的一部分，而在2000年接手执掌杭州市雕塑院的林岗，参与负责了新西湖景区改造工程的众多雕塑项目。人文资源整合和历史记忆的挖掘，为每个雕塑寻找最合适的表现方式，创作出最理想的视觉表达。数年间，他负责完成了十多座城市雕塑的创意和执行工作。

“人们老问我最喜欢和最满意的雕塑是哪一个，我一直说是下一个。”林岗说。这是他的实在话，因为雕塑是一门遗憾的艺术，艺术家的创意要受到工期等外部条件的限制，不过，这种遗憾在某种程度上也成了艺术本身的一部分。

当年苏东坡初到杭州，便感叹“故乡无此好湖山”，在热爱这座城市的方式上，诗人用笔、林岗用刀。林岗的雕塑创作跟随着城市格局一起生长。2008年西湖国际雕塑邀请展办到了钱江新城，他的作品同其他50多位国内外雕塑家的作品在钱江新城的核心区永久保留，雕塑艺术也在杭州完成了一次从西湖到钱塘江的跨越。

现在，林岗正在为地铁“市民中心站”的雕塑项目进行构思，让这座城市的雕塑艺术版图从地上延伸到了地下。“市民中心是一个很难表现的主题，还是一个必须成功的站点，它的重要性有别于任何一个站！它将承载杭州的过去和展望杭州的未来，它是国家与百姓的纽带！一棵大树犹如社稷，每一个果实则是一张张百姓的笑脸。”杭州进入钱塘江时代，新的城市中心汇聚起更多的城市力量，创意以地铁线路无限延伸形成参天大树的壮丽景象，寓意地铁连接千家万户。

终其一生为这座城市的美感奉献自己的心力，林岗这样期许着。

制琴者

2010年上海世博会园区以“工业记忆”为主题进行雕塑创作征集，林岗的“心灵方向”从30多件作品中脱颖而出，成为永久放置在世博园的作品，竖立在中国馆对面的江南广场上。

江南广场是江南造船厂旧址，“心灵方向”高8.2米，宽3米，林岗以散落的工业零部件齿轮、螺旋桨、舵为创作元素，经过巧妙的设计与组合，编织出一把集合工业时代之美和历史人文风骨的古琴。林岗在绍兴的铜材集散地收集了这些材料，经过半年时间的构思、组装、修整，打造出这件作品。作品为何名为“心灵方向”？林岗解释说：“船舶是有方向的，文化的定位、表达也是有方向的，小到个人，大到国家，都需要在心灵的指引下，不断寻找自己的方向和彼岸。”君子近琴瑟，当年士大夫们的生活格调中，讲究的是“左琴右书”，而林岗这些年醉心于制琴，以琴为符号，构筑了自己独特的审美倾向和艺术脉络。

音乐是人类最基本的情感表达，而雕塑是凝固的音乐，在林岗心中，琴无处不在，艺术无处不在。艺术的表达是真实和自由的，用那些本来即将被扔进熔炉的废弃工业零部件来重组架构古琴，林岗一度非常痴迷于这一意向。“我喜欢那些零件，因为那些大构件无不吐露着那个时代独有的气息。我通过那些器物来冥想那个时代的审美，工业时代之美，在今天依然像昔日的汽锤一样有力击打着我们的心。”林岗说。

林岗的琴大多没有弦，是希望人们通过对雕塑的观赏，在心里面去拨动那根琴弦，大音希声，老子的哲学就这样融入了他的作品之中。现在，又有古木、原石等更为多元的材质进入到他制琴的视

运河魂

野，林岗的制琴之法显露出了日益纯熟的圆融古朴之态。

回头重看林岗的创作历程，他绝非只是找到了“琴”作为符号那么简单，对此，老一辈雕塑家沈文强先生这样评价：“从欣赏机械元件，过渡到与艺术构成结合，从接受这个既具民族因素又具近代科技实物的相融之体起，林岗便有别于他人，并非逞一时灵感，偶尔为之，而是由来已久、孜孜以求的。”

“士无故不撤琴瑟”，这里透露出的是林岗的情怀和坚守。

收藏家

按林岗自己的说法，他的办公室里有一股“墨臭”。访客初入其间确实觉得臭，但是很快就会浑然不觉。他喜欢墨的味道，更痴迷于古砚收藏。

浓缩在古砚里的，是倏忽而过的千百年时光。“父亲说过，雕

塑是不朽的，好的雕塑即使从山上滚下来断手断脚了，美仍然在。”林岗说，而他觉得，砚就是古代的雕塑，是真正在地底下埋上百年、千年都仍然美的东西。至今林岗已经收藏有一千多方古砚，在他看来，每方砚台都承载了各自的历史和故事，更带着文人至高的审美趋向。“古砚收藏让我体悟了许多让我敬畏的东西。”林岗说。

“每个朝代的审美条件所铸就的造型语言是有它自身特性的。汉的大美、唐的气度、宋的格局，唐代龟砚的弧度、饱满、张力，有泱泱大国之大气；而宋砚线条秀美，就像宋徽宗的瘦金体，有不能差之丝毫的严谨。宋砚是非常现代的，非常简练，可以说诸多适用于现代的雕塑语汇，在宋砚上都可找寻。”林岗说。

“砚台的艺术价值反映了各个朝代对艺术、人文的追求，而汉唐宋时期的艺术作品可以说代表了中国古代艺术的最高成就。”在林岗看来，从砚台的造型特征可以清楚地看出中国古代艺术的发展历程，小砚大象，这一切都凝聚在那一方砚台间。

林岗对砚文化的吸取，自然而然影响着他作品的品质。砚文化中的质朴、大方，蕴藏深厚的民族传统意识，积蓄着、等待着在他往后的作品中渐露神采。

很少有人知道，他还是一个诗人；

而在诗歌界，也同样很少有人知道，他是一个老板。

做企业跟写诗当然很不同。写诗有时候是一时冲动，凭借一丝灵感，意象像闪电划过天际，像微风吹拂过叶尖。那一瞬或许极其闪亮，照亮夜空；那一瞬或许力道绵绵，击中心弦。

总之，诗句会从天而降。

马越波：背着灯具的诗人

撰文 | 周华诚

写诗是一件难事，但还是要继续。它牵连的平静和喜悦，超出了大部分人事所能呈现的。

——马越波

1

灯

如果灯已经点亮
由你或者任何一个人
把它点亮
那么在此寒冷的冬夜
我们就不会站在风来的地方

1997，法国南部平原

如果灯已经点亮
由你或者任何一个人
把它点亮
那么我们就会看见回去的地方
一颗微弱的火
一片青天之下
它是我们过去盛开的鲜花

1990

这是阿波写于1990年的一首诗。在这首题为《灯》的作品中，阿波深情地写道，“一颗微弱的火，一片青天之下”。

正是那一年夏天，他从浙江大学机械系毕业。那一年的大学生普遍分配不好，许多人来到最艰苦的地方，从基层干起。阿波来到湖州机床厂，在车间里做车工，在那里他干了整整一年。

浙大的天之骄子，从飘忽的云端一脚踏进坚硬的现实。

在那之前，阿波已经是颇有名声的校园诗人，那时他的诗歌创作充满浪漫主义情怀。他的朋友梁晓明后来写道：

“那还是八十年代末，阿波和阿九、阿汤作为浙江大学诗歌的三剑客，把浙江大学诗歌创作的气氛搞得风风火火。我记得有一个晚上，他们弄了个教室，把自己创作的诗歌全部手抄在A4纸大小的白纸上，白纸一张黏结着一张，每一条都有近三米长。他们把这个近三米长的诗歌全部高悬挂贴在教室里，从屋顶到膝盖，长长的，迷宫一样的，挂满了整个教室。不仅如此，他们还熄灭了灯光，每个参加诗会的人都发一支白蜡烛，大家手持蜡烛，穿行停顿在经幡一样微微飘动的诗歌里，那个夜晚，我难以忘记。”

车工阿波在浙江湖州那个略显灰暗的车间里，放下了他在想象中上天入地、恣意纵横的诗歌，操作起冰冷的车床与沉重的零件。

尽管如此，阿波后来回忆起那段经历，仍然充满感恩。他认为不管是从生活还是从写诗来说，那一年的车间经历对他来说都是相当有益的。他在那里沉默下来，像水流中的一枚鹅卵石，内敛且安静。

当然，他还在读书。湖州新华书店进了几套台湾版的《诺贝尔文学奖全集》，陈映真编的，阿波用他第一个月的工资买下一套。后来，买了其他那几套书的人，一个个先后成了阿波的朋友。

1990年写下那首《灯》时，阿波并不知道自己未来的生活会与灯具密切相关。许多年后有人跟他开玩笑，说他成为一个卖灯具的诗人，就是从那首叫作《灯》的诗开始的。

阿波生活上的巨大变化，是从1992年开始的。那一年1月到2月间，邓小平南行武昌、深圳、珠海、上海等地，发表了一系列的重要讲话，那一次的南行讲话，无疑是中国改革开放历史上的一件大事。在一首歌中这样唱道：“有一位老人，在中国的南海边，写下诗篇……”

偏居江南一座小城机械厂上班的车工阿波，并不是最先感受到

1994，埃及

春江水暖的那只鸭子。他虽然偶尔也写下诗篇，但他只是在朦朦胧胧之中，感觉到世界开始朝着前方飞奔起来。也许这个感觉也是后来才清晰起来的吧——总之，在那一年，湖州最好的单位即外贸公司开始招人。那是一次盛况空前的考试，几乎整个地区的大学生都去报名了——比现在考公务员的场面还要热烈。

然后，阿波突出重围，一帆风顺地进入了外贸公司，由此开始了他奔忙的岁月。

那是外贸事业如日中天的时期——几乎所有的工厂都来求着外贸公司，帮他们把产品出口到国外去。工厂自己可没办法把东西卖出去，只有外贸公司有这样的权限和职能——阿波记得，那时他的工作就是天天跑工厂，然后被各种乡办、村办或集体企业的厂长们带到饭店和歌厅，喝酒吃饭唱歌吹牛皮。

年轻的阿波工作很拼，他也在这样的历练里见了世面。他总是在路上。有一回都快过年了，他一个人坐着中巴车去江苏清江出差，结果病倒。他躺在厂长家里的床上，一边挂盐水，一边掐着手指计算能不能在大年三十前赶回去。

20世纪90年代的前几年，阿波就是这样熬过来的。那个年代的好与坏他都深有感受。他每天都在忙，一睁眼就是各种各样的事，每天都在奔波、赶路、见人、谈生意。赶路和赶工期，是他那时候最重要的两种状态。他已经很少有时间让自己安静下来，想点什么事，写下几行诗。

2

一个很亮的雨天

一个很亮的雨天
欢乐的内心走去了
这是一个很亮的雨天
欢乐的内心大步走去了

1990

他出国。

频繁地往外跑，他去看了世界的辽阔与多彩。第一次出去应该是到埃及，具体哪一年他都记不清了，那是他人生中第一次走那么

2012，南非行

1999，美国白宫前广场草坪

2006，罗马，济慈一雪莱故居

2009，Rinaldo Pozzoli 和阿波，米兰

远。他在那里看见了许多从前只在历史和地理书上才看到过的事物，金字塔，尼罗河，在亚历山大港吹着地中海的风。

到了2000年以后他去的地方就更多了。第一次去法国他比较激动，看塞尚的画，在巴黎博物馆里徜徉一整天都不舍得离开。去看萨尔瓦多·达利的故居，他喜欢那个超现实主义的软绵绵的钟表。去西班牙，他喜欢咖啡，每一个地方的咖啡馆他都会去逗留，有的地方令他流连。他去美国的时候双子塔还在，像两座通往宇宙的桥戳在天地之间。

他还去了巴基斯坦和印度。

到处游历——尽管说不上都是自由的游历，更多的时候都带着工作，去见生意伙伴或签订某份供应合同——但这样的经历无疑扩大了他诗歌的疆域。他不再为什么事而惊叹，因为见过了。见过了，反而使他变得安静。

现在有人说阿波身上有一种中国古典的东西，安静而内敛，其实是因为这些年他奔走在西方国家，对人家的日常生活与文化都相当熟稔。他觉得可能很多人有些误解，他不认为东西方的文化差异真的有人们所说的那么巨大。至于诗歌方面，情形也差不多，他喜欢西方诗歌所提供的现代向度，但现在他又特别看重中国古典诗歌的传统。

他买了很多中国的典籍，比如十三经，《易》《书》《诗》《礼记》《春秋左传》《尔雅》，还有很多别的，这辈子也看不完。

他最近开始系统地阅读《诗经》及相关的很多书。汉语诗的源头在那里。

我们现在这样说起阿波，觉得他如此安静。如果我们把时光的书页重新翻回到20年前，我们就可以看见一个清瘦的阿波，正穿行在江南电线杆密布、拖拉机轰鸣的小城镇与灰尘四起、车马喧嚣的大都市之间。他的行囊里都是与外贸相关的文件和资料，很少有诗集——尽管他那时还在写诗，但是一年至多不会超过10首。

他看见中国最底层的乡镇企业或集体企业的企业主，以及无数诗人阿波，原名马越波，浙江湖州花林人。1990年毕业于浙江大学机械系，现定居杭州。1999年创建诗歌网站“沉落的远方”，主编诗刊《北回归线》(2007～2014)，有诗集《十五人集》(合著)、《阿波诗歌自选集》。最新诗集《晨昏》由生活·读书·新知三联书店出版。

2014，初秋，阿波和沫

2010，阿波，正，沫

在这些企业里辛苦忙碌的工人。他也看见这些工厂里制造出来的产品，通过他的努力最终展示在家乐福、欧尚这些国际连锁大型超市的货架上，向全世界的顾客出售。他比谁都清楚这些工厂与世界的联结。他看见那条生产链的头端和尾端。头端是灰暗的小工厂，家庭作坊，中国的工人，村庄；尾端是光鲜亮丽的商场，超市，世界的消费者，都市。随着时间的流逝，那些默默无闻的小工厂有的终于消失，有的却迅速成长起来，成为国内甚至世界上灯具行业里数一数二的知名企业——“中国：世界的工厂”。

至于文艺，阿波那时候没有太多的时间去想，想诗歌或是想人生，那都是奢侈。阿波忙得不可开交。他接触的都是生意人，谈的是生意，他跟人谈论电影、小说、诗歌的机会相当难得。

20世纪90年代中期，中国加入了互联网。那是一扇窗，窗子一打开，游戏就进来了。阿波沉浸在网络游戏里，找到了高强度工作的放松方式，他在游戏里玩得不亦乐乎。

这就是90年代。那个时代的轰轰烈烈与纷纷扰扰，就这样滚滚向前，就这样渐渐远去。

2016，杭州万松岭

3

平静的夜晚

他用蜡笔给火车涂上蓝色
然后是村庄，河流，飞机
“平静的夜晚”，他说
你沉浸在我的怀里
深冬的小雨正落下来
母亲在医院陪伴着儿子
电视里播着什么，困倦的媳妇
伸手梳理额头垂下的秀发
这是想象的生活
灯光熄灭，寒风吹过树间

2010

2004年，阿波成立了自己的公司：怀居照明电器有限公司。

2015，公司办公室

2015，日本京都

他辞职，之后来到杭州。有了自己的贸易公司，阿波从此像一趟没有刹车的列车，勇往直前，停不下来。

忙碌是必须的。此外还要面对各种“最后时间表”——做外贸的人都知道，这一行有个特点，每天、每周、每月都有时间表，所有的一切都必须在这之前搞定。

阿波的外贸灯具做出了名堂。按他自己的说法，他在灯具界，比在诗歌界的名声更响亮。他是把中国的光芒射到国外去，射到全世界去。

每两年一次的法兰克福照明展，阿波都会出现在展会上。人们看见他，都会赞叹一句：哇，阿波你怎么又来了！

在灯具外贸这件事上，他真的是老资历了。一茬一茬的新面孔冒出来，一茬一茬的老面孔退隐到幕后，只有阿波，依然坚守在那个只有八九平方米的展位上。灯具界的很多人都认识他，他们会对身边的小年轻说，你看，那是我们的前辈。

很少有人知道，他还是一个诗人；而在诗歌界，也同样很少有人知道，他是一个老板。

每次诗歌活动，阿波都很安静地坐在一边，静静地倾听。

做企业跟写诗当然很不同。写诗有时候是一时冲动，凭借一丝灵感，意象像闪电划过天际，像微风吹拂过叶尖。那一瞬或许极其闪亮，照亮夜空；那一瞬或许力道绵绵，击中心弦。总之，诗句会从天而降。

做企业却是煎熬，是日复一日的奋斗与坚持。当他想歇一歇的时候，却发现已经歇不下来。阿波以前计划干到40岁退休，不做了，

2012，雅典

2014，法兰克福照明展，火车站

2015，紫桂家中，与正，沫

但是现在他已经望五了，还没有退休，甚至退休这个词已经不在计划中了。

他说他现在挺羡慕一个普通员工——也许这样说有点站着说话不腰疼，但事实上真是如此。如果他是一个普通员工，他可以想休息就休息。但现在他是老板，即便在最艰难的时候，他依然要强打精神，给员工以信心。

最艰难的是2008年，金融危机，客户一下子少掉很多。重新建立起来，那是一个艰难的过程。怎样挺过来，怎么重新步入正轨，阿波都快记不清了。总之，那是一个无比艰辛的过程。

现在，阿波的公司运行得很好，有很多业务在欣欣向荣地展开。公司里的员工，每个人都忙碌着。

写诗和做企业，阿波说，有一样是相似的。那就是，你花多少时间下去，你才有多少收获。

但阿波觉得他对诗歌还不够好。

“感情也好，诗歌也好，如果你觉得它重要，那么你就应该花更多的时间在它上面。”

2016,《晨昏》书影

“但我们常常会找借口，说自己多么喜欢一样东西，实际上，却把大量的时间和精力花在另一样事物上。”

阿波总是这样自省他与诗歌的关系。他说不管你嘴上说得多好，说自己有多么热爱这件事，只要你不能把更多的精力给它，原因只有一个，就是它其实并没有你自己以为的那么重要。

阿波这样说的时候，我觉得他对自己其实也是挺残酷的。至少比他给人的柔软外表要残酷得多。

4

给儿子

我不能指着一棵树
给你一个从前的秋天
睡去，醒来，你习以为常
简单的日子，促使沉默如美德
你必须开口说话

讲简单的故事
描述爱是如何形成的
关于倪慧柳倩，关于王小丹
或者否定我
你湿润温暖的手挣脱而去
在我面前，一套《巴尔扎克全集》
我比你年长，再也无法获得
现实主义的教育

2005

阿波把他从2006年到2014年的诗歌整理起来，集合成诗集《晨昏》出版。

在这部刚刚拿到的诗集里，他的日常生活场景与经验，与家人的关系、情感得以呈现，而与诗人、朋友之间的交往与想象则是另一部分。

尽管诗集引起了很好的反响，但阿波自己却把它看淡了。他说功名是很虚幻的东西，杜甫写了那么多的诗，但是他死的时候才58岁。也就是说，一代诗圣作为诗人的使命，在他58岁之前已经完成了，这足够让他在历史中灿烂辉煌。阿波说自己如果在这个年纪写诗还纠结功与名的话，那就没有意思了。

白天做生意，晚上写诗。阿波现在很享受自己的状态。

“诗歌以它最美的诱惑占有了我。我可以整夜在街道旁边写，直到天亮，直到扫地的清洁工出现……为什么写诗歌？因为诗歌就是青春。”

今年，阿波的大儿子正，刚好大学毕业。阿波7月份去了一趟墨尔本，参加正的毕业典礼，也顺道拜访几位客商。

受阿波的影响，正也写现代诗。这个90后的诗写得不错。从高中开始，正一半的作品用中文写作，一半作品用英文写作。

这是正写下的一首诗——

2016，桐庐行

2015，西溪戏剧节

周六在美术馆看展

在红发和银发之间
我看见断桥被灰尘覆盖
喜爱的人坐在水中
划着黑色小艇，变得干净
你脱线的裤子还可以穿多久
我也想留你那样的胡子
但还年青，需要接吻，需要人们看清
我的嘴，当我说“非常”或者“一定”
所以吻我，画画的人，吻在嘴唇上

让我尝到你骨灰的颜色所说的事情
让我看见你的眼睛
清晰、模糊、清晰

2013

小儿子沫，在读小学四年级，从没有想过当诗人，因为他自己喜欢天体物理，志向是当物理学家。但是有一天晚上，沫坐在车子的后座上，用手机写下了他人生中的第一首诗——

无题

银杏已无叶，
松柏青翠延。
虽隔杂石道，
依然能相见。

聊到两个儿子的诗作时，阿波，这位诗人脸上露出得意的笑容，他抽一口烟，然后往沙发后面舒服地靠下去。

这是一个诗人的日常生活。

阿波说："我们的日子过得粗鄙，还好有诗歌。虽然诗歌的用处不大，只不过有的时候能让一个人哭，或让一个人笑。但是，这已经很可贵了。"

阿波说："如果偶尔能读一首诗，能看一部电影，打开一本书，这日子就已经很好了。"

他已心不在此。

“我不仅仅属于谍战，我的翅膀想去征服更辽阔的天空。”

麦家：他需要杀入另一个重围

撰文 | 郭琳

早上，麦家醒来，打开手机，里面七八十条未读短信，都是祝贺他当选浙江省作协主席的。大约60条存有名字，还有十几条没有名字。麦家一一回了短信。用一个小时把前一晚看了三分之一的余华最新小说《第七天》看完，又进来两个祝贺电话。下午1点10分，第一拨访客到了。麦家匆匆吃完午饭——20个饺子，同来人聊了一段，紧接着2点，第二拨人又到了，是我们的采访。

这天，是麦家当选浙江省作家协会主席的第三天。

下午3点，太阳穿过麦家西溪湿地工作室的大落地玻璃，失去了咄咄逼人的热力，只留下金色的光泽装点精致的室内户外，也落在他有些倦意的身影上。

近知天命之年，麦家的身材依然保持得很好，让人联想到他曾有过的军人生涯。他依然保持着写作状态时那种几近刻板的生活规律：早晨7点半起床，出去走20分钟，吃完早饭再出去走半个小时，

回来写作。12点准时吃饭，完了走半个小时，回来继续写作，有时也会小睡。4点半去锻炼身体，6点半吃晚饭，饭毕再出去走路，回来继续写作或是看书。就连睡觉时间都要控制：希望是在11点半，但在不能如愿的情况下，借助一颗安眠药——因为要保证第二天的正常流程。

进门的鞋架上，四双运动鞋和一双登山鞋占去了大半壁江山。

对他来说，运动不仅意味着运动本身，走路、跑步时，他的写作构思也就开始了。说起运动，当年还给过他惊心动魄的一记教训——31岁那年，他开玩笑似的从双杠上摔了下来，离瘫痪只有一步之遥。在经受了半年的复杂治疗和锻炼后，最终赢得了一个“只是偶有不适”的好收场。

鞋们在这一天并无用武之地，因为就在这当儿，第三拨来客——富阳老家的，又到了。晚上还有个朋友张罗的庆祝饭局，盛情难却。按照麦家的说法，实在没什么可庆祝的，但过分的谦虚有傲慢之嫌。他自嘲："你瞧，我成了我自己的撒旦。"

离《风语3》的交稿时间还有不到一个月。

这部讲述中国黑室的小说，从刚一面世就充满了戏剧性的跌宕起伏。2010年《风语1》出版前夕，人们讨论的是500万天价版税；紧接着小说卖出电视剧版权，胡军、郭晓冬主演的同名电视剧旋即开拍，并在《风语2》上市不久后即上演——人们一边津津有味地讨论剧情，一边又忍不住替麦家担心，剧透得那么彻底，小说接下来还怎么玩儿？再过一年，《刀尖》先于《风语3》"插队"面世，麦家扔下一句话：谍战小说我不玩儿了，厌倦了，《风语3》是最后一部。

剧情种种，都在等着《风语3》捅破最后一层窗户纸。

此时，距离2011年1月推出《风语2》已经过去两年半了。

按照麦家的说法，小说到现在还在改，伤筋动骨地改。当初把影视改编权先出售的决定"显然是错误的，后悔也来不及"。"当时心肠一软，就被市场拖着走了"——一般人的理解，总是先有小说，然后改编成电视剧，尤其是情节层层推进的谍战小说。

但也许这不过是麦家的一枚棋。两年前，麦家就说过，电视剧《风语》和小说《风语》"只有20%的相似度"，他甚至透露过陈家鹄的最终信仰都不尽相同，电视剧里，他去了延安，小说里，他去了寺院。事实上，那时候麦家就打定主意，有两个版本。

"其实写小说有时候就是需要这样的契机，折腾一下。"香烟在麦家的指间缭绕，"当你被逼到绝境的时候，你还是可以绝处逢生，杀出重围。"

绝处逢生，正好是麦家小说的精髓。

在文学评论家李敬泽眼里，麦家显然是个偏执狂："关于一个神秘的天才数学家的故事，他慢慢地写了十多年……无数事物都从无到有……但那个故事一直在，麦家让它年复一年地成长……麦家所长期坚持的角度，是出于天性，出于一种智力和趣味上的偏嗜，但同时，在这条逼仄的路上走下去，麦家终于从意想不到的角度，像一个偷袭者，出现在他所处的时代。”

他笔下的人物，那些整天同密码打交道的天才，陈家鹄、瞎子阿炳、黄依依、容金珍——说他们是一群也好，一个也罢，在浩浩汤汤的密码面前，都在寻求着绝地反击的那一瞬间。

然而，天才们真的能永远绝处逢生？

麦家小说的又一大过人之处，就在于此。

容金珍意外丢失了他的密码笔记，疯了；瞎子阿炳得知老婆出轨，自杀了；黄依依自不用说，漂亮、有才华，就能赢得恪守信条的安在天？赢不了，无疾而终，英年早逝。而陈家鹄，按照此前小说版的安排，不也选择背过身去离开？

他给人物设计着精巧的局。当然，他更愿意说，是那些人物的命运在牵着他往前走。那些特殊的天才，也许能解得了密，却算不了自己的命。

无论如何，“中国谍战小说之父”的谍战时代将要落幕。

他已心不在此。他需要杀出另一个重围。

让李敬泽惊讶的、慢慢地写一个天才数学家故事的套路已经让他厌倦。让他同样厌倦的还有他人的框定：他只是这样一种类型小说的高手，而已；他不过是因为从事过这样一种特殊性质的工作，才能涉及这样类型的小说，而已。

“好比一个武术师，十八般武艺都想挑战一下——我不写这类小说，换一种类型的小说，我照样能写。”麦家说，“我想告诉读者和同行，我不仅仅属于谍战，我的翅膀想去征服更辽阔的天空。”

1991年7月的一天，麦家在解放军艺术学院文学系读书。毕业离校前的某个晚上，多数人都在为留京而忙碌奔走，麦家却突然动了个念头，要干票大的。那票“大的”，就是《解密》——麦家至今想来，他后来的所有小说，没有一部能超过《解密》。

麦家同《解密》较了十年劲，按照他自己的说法，“受尽折磨”。

他曾经多次打算抛弃它，从6万字的草稿中理出一个2万字的短篇（《紫密黑密》），再从11万字的草稿中整理出一部4万字的中篇（《陈华南笔记本》）。到2002年8月终于完稿，给两家刊物寄去，回音来得很快，A刊的意见是太假，怕读者接受不了；B刊的意见则是太真，怕给刊物惹事儿。

不过《解密》终于在2002年出版，并且成为当年度中国长篇小说排行榜第一名，获第六届国家图书奖，茅盾文学奖提名。

此时麦家走上文学之路已经16年。

时间向前推一下，大概是2001年的一个冬夜，他在成都的家里。那个晚上后来经常会从麦家的脑海中冒出来。

他在看奥斯卡电影颁奖礼转播。衣着得体的男男女女上台，领奖，千篇一律地说着获奖感言：感谢谁，感谢谁。“我那时候突然想，如果有一天我成名了，登台领奖，该感谢谁——没人可以感谢。15

年中除了我自己在写作的路上艰难跋涉，我没有得到过谁的特别馈赠和援助，包括家人。”

麦家并不讳言把这个刻骨铭心的记忆说出来：“那时候就那么自私。可以清楚地看见那时候我内心的痛苦，一方面渴望成名，另一方面可能怨怒于没有一个发现你的人，没有一个馈赠你的人。”

麦家终究是跟文学死磕的人。原因说起来再笨拙不过：除了写作，他实在找不到兴奋点，找不到能打发时间的东西。

未成名前的生活，如今想来，终究还是甜蜜。

当时麦家供职于成都电视台，当编剧，工资三四千，小日子很惬意。写作是个趁兴而为的事儿，能写就写，写不出来也没关系，没有出版社在背后盯着——其实写出来了也不一定有出版社愿意出版。在等待、怀疑、恼怒……的同时，也享受着自由散漫，我行我素，一个人就是天下的浪漫。

“那些年我要是待在杭州，我可能就不写作了。你首先要过一个体面的生活，就得攒钱买房子。在成都，那时候买个房子30万，现在100万，绝对很好了。但在杭州不可能。”麦家戏言：“如果当年宋卫平喊我写一个策划案，5000块钱我很可能都去了——我首先得为稻粱谋嘛——浙江很多文化人，都在利用自己的文字为稻粱谋。”

而成都有个出了名的自由散漫的文化圈。

诗人翟永明的“白夜”酒吧是一个重要的据点。老“白夜”虽然小，但总是聚集着一堆作家诗人，何大草、麦家、阿来、洁尘、冉云飞……都没成名，有大把的时间可以用来消遣，聊天，聊电影、聊文学、聊女人。大家都很放松，互相取暖。麦家属于倾听者，而洁尘则说他身上有一种冷幽默，一般不说话，说一句会让人哄堂大笑。

聚会的频率很高，每个星期总会有那么一次，有时候甚至两三次，因为要“陪客”，你的朋友来了，会叫上几个朋友去陪客，他的朋友来了，也会叫上一帮朋友陪客。麦家的一些重要朋友都是那时候“陪客陪出来的”，比如谢有顺、李敬泽、程永新、洪清波。

一个场景时常浮现出来。那是2000年，洁尘家刚搬到成都郊区，买了一个跃层，每个星期五晚上，大家都会去那儿聚会，跟过节一样。麦家当时有一台富康车，星期五吃完晚饭洗把脸，开上车就出发了。十来公里路，大概开半个小时。“那时候成都三环上的车很少，在车上听着音乐，看着这个城市朦朦胧胧的夜景，去会一群志同道合的朋友，突然觉得这城市是你的。”

对于他来说，成都是冰山下的那一部分。

完美的一天

麦家如今都还记得2004年在富阳的一段小对话。

是个采风活动。因为是富阳人，麦家被邀请，与他一起前往的还有作家阿来。一名记者与他聊了一会天，后来，记者回想起那次见到的麦家，“在人群里有些格格不入，但有一种特别的气场”，而麦家记得的是当时记者对他说的一句话：“你没有阿来酷。”

2004年，《解密》和《暗算》的小说都已经出版，也得到了文学界的认可，但离后来的“大紫大红”还有几年时间。麦家回想起那时候的自己，依旧“羞涩而腼腆”，因为“一直生活在自我冥想中，特别封闭，见异性脸红，人多怯场”。

如今，让麦家真正感到陌生的场面大概已经不多，随着岁月和阅历的增多，可能也由于功成名就，那种自我封闭自然而然消失了。现在他接受记者采访，经常可以说出排比句。

下半年，麦家的“理想谷”书店终于要开张了。这是他多年念念不忘的一桩事儿。他的工作室不断地收到年轻写作者们投来的稿件——如果被麦家甄选上，他们将在“理想谷”中开始三个月的自由创作时间，食宿免费。

这个“写作营”计划，是以巴黎的莎士比亚书店来作为蓝本的，从前任老板、美国人西尔维亚·比奇女士创立书店到后任老板、美国人乔治·惠特曼重开书店，一直向大批来巴黎寻梦却又一文不名的美国文学青年——海明威、乔伊斯、金斯堡伸出援手；又或者可以追溯到1967年，美国诗人斯托弗·美林和妻子、华裔作家聂华苓在美国艾奥瓦城创建的国际写作计划——一度招待了来自120个国家的1100多名作家。

但“理想谷”像是麦家在成都那段自由散漫岁月的缩影。年轻的写作者们，关起门来，可以孤独地写作；打开门，有志趣相投的人可以聊天。又或者，找麦家聊聊——当年他困惑于没有人拉他一把，现在，他愿意做这个提携者。“如果将来这里能出一个莫言，就是我最大的功利。”

当选省作协主席后，这种与年轻写作者的交流，与各路文学人士的交流，将更加频繁。就像他说的：“从前是运动员，现在成了裁判。”“我想，我有一些资源，而这些资源无疑可以用来为那些还没有成名的年轻人做些事。”

浙江还将建立现代文学馆。“浙江在现代文学史上占据了大半壁江山。”如果能办成，麦家说，是桩大事儿，对过去是致敬，对以后是指路。

即便又多了一层身份，对于麦家来说，最大的纠结依旧在于写作，“你怎么能想象一个作协主席写不出东西会怎样？当了作协主席放弃写作，就像结了婚禁欲，可笑，可悲”。

他现在在跟自己较劲的，有些让人跌眼镜，是爱情题材小说。看上去同他的严肃外表格格不入——采访中，我们的摄影师给麦家拍照，这已经是摄影师第三回拍他，平均一次一个半小时，但拍到的表情柔和的瞬间少得可怜。麦家对助理说：“那你给他们传几张笑的照片。”助理面有难色：“这个比较难。”大家大笑。

爱情小说在《风语》之前已经动笔写了三遍，都不满意，丢了，其中一个已经写了6万字。但麦家觉得此前的尝试并非无用功：“写作就是一个登山的过程，登一座野山，你不知道捷径在哪里，如果运气好你会一下子找到它，运气不好就靠死磕，这条路走不上去，就换一条走。当你走出一条条死路之后，也就知道活路在哪里了。”

在麦家心里，自己的写作至今还没有哪一部超越《解密》，即便是让他拿了茅盾文学奖的《暗算》。“但这也并不是说我后来写的作品都是垃圾。对于一个作家来说，不可能每一部作品都是精品，也不要指望他一部比一部写得好。好作品是烂作品堆出来的，这一部的下滑坡度可能是下一部翻身的台阶。”

在知天命的年纪，完美的一天对于他来说，不过是“某一天写出了一个特别精彩的段落，晚上又没有失眠，安然睡去”。

什么是中国越剧头牌小生茅威涛心里真正的、终极的乐园？

想都不用想。

舞台。越剧。

“戏比天大”这种早已落入俗套的词语，用在茅威涛身上，依旧能化腐朽为神奇。

茅威涛：没有什么胜利可言，挺住意味着一切

口述|茅威涛，撰文|潘宁

成为绿城的业主，于我来说，时间真的并不长。

有意思的是，我好几次和绿城的房子擦肩而过。

并不是说绿城这个品牌不吸引我，绿城房产，在业界拥有那么显赫的声名，但就那么阴差阳错地错过了，很有戏剧性。

起先，我买别墅，就买在绿城·杭州九溪玫瑰园的对面，西湖高尔夫别墅。因为和那个时候的心境有关，当时我不喜欢潮湿的、山脚边雾漫的感觉，那个时候我特别热爱阳光充沛的地方。我曾经考虑过绿城的绿园，但后来还是买了白马公寓，是因为水的缘故。白马公寓依傍运河，——我从小在运河边长大，对河流有天然的亲切感，于是与绿城再一次擦肩而过。

对于买房，我并没有什么特别宏大的理念，比如投资。我买房子纯粹是为了居住，还有，是为了女儿“就学”的因素。为了孩子上学方便，我必须选择最适合我的居住处。

茅威涛说，人到了最后，总是要关注自己的内心，人生因此也进入了一个最从容的阶段。

那时候，与绿城，与宋卫平先生，几乎没有交集。

与绿城，缘起于宋董投资一个多亿的嵊州艺校。

我去参加艺校奠基仪式的时候，才第一次真正认识宋董。当时我们两个都在开彼此的玩笑。我说，可能来自世俗层面的缘故吧，我们两个，对对方的印象并不是很“正面”。宋董说：“茅威涛，圈子里的人都说你是个‘戏霸’。”

我也很凌厉地回击：“你在地产界不也很霸气吗？！”

没想到，认识之后发现，宋董完全是个儒商，而且带着一种那一代人特有的理想主义色彩，有使命感、责任感，有担当。宋董这个人身上——我现在已经叫他卫平兄了，还有一种天生做老大的气质。在我看来，他身上有一股江湖的侠义之气。又由于他毕业于杭大历史系，这种江湖风韵还多了一种传统文化的底蕴。没错，他对传统文化的热爱，已经植入到了他的生命、理想和信仰当中了。

2011年年底，众所周知，绿城遇到了一个巨大的坎。那段时间，我看到了一个有些焦虑、疲惫的宋董。

我也很荣幸，在他困难的时候，我带着越剧，至少在他的精神层面上给了他一个通道，可以稍稍舒缓一下他那段时间的压力。

宋董是个善人，且像一尊佛，最终能让绿城房产起死回生，缘于他平时结下的善缘、人缘和佛缘。

而让我更为感动的，是他在危机之时，仍然与我谈越剧，谈嵊州艺校，陪同我与未来的合作伙伴谈越剧的发展架构。

关于嵊州艺校，我说，宋董，我要“批判”你一下，我觉得你支持越剧的“段落”不对，你应该支持越剧的终极，而不是去关注那个始端。为什么？当越剧整体都面临着社会转型而来的文化边缘化和失距时，硬件如此美丽的嵊州艺校，生源哪里来？出路在哪里？假设这里毕业的学生，最后只能去民间职业剧团，或者去了那些游乐城，演演晚上的驻场秀，这样的话，学校的生源一定会出现本质的问题。所以，你支持越剧，就要从终端扶持开始。

呵。

她非常喜欢英国著名演员丹尼尔·戴-刘易斯在电影《林肯》中的一句台词，“我每一块骨头都疲惫不堪”。

这似乎已经成为一种共性——那些疲惫不堪的人，必定是有执念的人。谁耗尽了他们的精力？谁令他们的每一块骨头燃烧得通红？然后结成悬崖的形状，嶙峋而沉默。

这个世界，他们是为了理想而来，他们在精疲力竭扑倒之前，他们的骨头连同陨石一起碎裂之前，他们留给这个世界的姿势始终是迎风招展的，甚至比风还要迅捷。他们为了那个就要沸腾的滚烫的理想，跑得快要飞驰起来，风落在他们弹射出去的影子后面，发出不甘而绝望的闷吼。

茅威涛的每一块骨头都为了越剧而碎裂，而疲惫，而忧伤，而喜悦。她的骨头与她的声腔一样，布满迂回的曲线，有华丽的颜色，有殉道般坚硬的质地。

诗人说，从来没有什么胜利可言，挺住意味着一切。

宋董“呵”了一下。他说：“我对茅威涛刮目相看了。”

那一次，我们很庄严地碰了杯。

那会儿，我终于发现了宋董的心胸有多大，我知道，他是不会被压垮的。

有趣的是，有一天女儿告诉我，她做了个梦，梦到她和宋卫平伯伯搭乘一艘船在海上，巨浪突然袭来，只见卫平伯伯一双大手，在船舱桌上铺开的世界地图上轻轻一按，镇定自若地说，不要紧张。顿时，船舷外的波涛平静了下来，眼前出现了一片带着彩虹的沙滩……女儿说，那一刻，卫平伯伯像《哈利·波特》里面的邓布利多校长。我想，虽然这只是孩子的一个梦，但也许它隐喻着宋董有一双魔术师般的智慧之手。

我们目前已经和绿城有了一个初步的构想，关乎越剧的发展和未来。作为一个土生土长的嵊州人，宋董对这个剧种有一种与生俱来的热爱。他会把他企业家的经营理念，带到文化市场和艺术的经营中来。更直接一点地讲，他还会为未来的越剧带来资金，也就带来了越剧产业化的可能性。

对越剧，现在我能做的是什么？是守住，是承前启后。如果有了资金的投入，就有可能架构一个资金链，我们就有可能全面铺开，我们的理想也就会腾飞起来。

就理想而言，我和宋董有某种相似的地方。

让观看越剧成为人们的一种生活方式，这一直是我所秉承的理想，我矢志不渝，始终坚持倡导这个星球上的人们，呼吁他们更多地走进剧场，让剧场成为我们生活的一个重要组成部分。

我每一次去大学讲课，都会引用梁漱溟先生的一句话，就是人生三段论的说法。梁先生说，人生要度过三个阶段，且次序不能颠倒——第一个阶段，是解决人和物质的关系，首先要吃饱穿暖；第二个阶段，是解决人与人、人与社会的关系，人们要有个相对固定的工作，人际关系相对和谐，要有一个和谐的社会状态；第三个阶段，当这些问题都解决的时候，人们需要开始关注自己的内心了。

第三个阶段，就是我所要接近的理想。戏剧与艺术不只是精神的事情，它也是物质的事情；戏剧与艺术不只为了审美，它更应揭示邪恶；戏剧与艺术是每个人获得更多的灵性、个性、创造性、丰富性、高贵性、艺术性的渠道。我希望戏剧与艺术能成为我们心灵的一部分。所以，在这一点上，我和宋董及绿城人达成了某种深刻的共识，我们共同在为一个城市的文明进程，为了我们心灵上的那一片星空，力所能及地做一些自己的努力。

近期我头发白了许多，缘于心野，不是野心。关于越剧，去重复、复制那些前面做过的东西，对我来说，我不感兴趣。

别人会说，茅威涛，她是不是不要中国戏曲里面那种根深蒂固的传统了？

这个误解由来已久。我深知，自己是一个对传统带有敬畏乃至膜拜之情的人，回顾以往我所创作的一系列作品，从最早的《五女拜寿》，到刚刚出炉的《江南好人》，京剧、昆剧、川剧等各大中国传统戏曲剧种的精华，无不悄悄渗透在这些作品中，渐渐地化为并形成了越剧的表演程式。

就算在这次焕然一新的《江南好人》之后，我们依然会创作传统的越剧。重排《孔雀东南飞》，移植《牡丹亭》全本，我们会排得很唯美，很好看。但对我来说，打动我的那个东西还是没有抵达，只是唯美而已，形式的东西很好，但内心里，像《牡丹亭》那样的能打动你的“人鬼情未了”是什么？我始终在为未来的越剧做一种新的寻找。

对越剧而言，每隔十年——假如以十年为一个单元，我都会不拘一格地做一次很具革命性的尝试。譬如前面提到的《江南好人》，我们移植了德国戏剧家布莱希特的《四川好人》，花了半年时间，做成了一部有争议的作品。在这个作品里面，唯有这一次，女小生茅威涛演了一个亦女亦男、雌雄同体的角色，来解读人性的善恶莫辨。

越剧的未来是什么？不知道，真的不知道是什么。适者生存，物种起源、进化的道理摆在那里，想来艺术也难逃脱吧。变革是必定的，不变的话，它真的有可能会消失，最后成为“秦砖汉瓦”式的博物馆艺术。

《江南好人》北京首场演出，引起了一些争议，引起了一些话题。这是预料之中的，我的内心反倒很平静，借用宋代诗人黄庭坚的一句诗，“坐对真成被花恼，出门一笑大江横”。

有人说，未来能不能把越剧的声腔慢慢改良？甚至有人提议唱普通话。越剧的问题是不是出在声腔上？我觉得不是声腔的问题，而是传统意义上传递出来的理念、美学，它得跟上这个时代。戏曲是从农业文明当中诞生出来的，它的解读方式，在当下遇到了问题。

就比方说《江南好人》，我们用了一个类似李安《少年派的奇幻漂流》一样的寓言故事来表达人性的复杂，当我们试图摒弃“落难公子中状元，私订终身后花园”这种模式，找了个寓言式的故事——问题来了，那些狂热的戏迷看不懂了，而真正想要看寓言的人，他们并不是越剧的核心观众。他们会说，你不就是讲落难公子中状元嘛，他们根本不相信我们所要追求、所要呈现的已经不是农耕时代的越剧了，他们说，我们没兴趣看。

我的困惑就在这儿。

坐对真成被花恼，出门一笑大江横

所以，我快得焦虑症了，白头发也长出来了。

我的丈夫，科班出身、学院派话剧导演郭小男，硬生生被我拉来排越剧。对此，他戏语：一个打铁的北方汉子，硬让人捻绣花针。他还说，他原来以为娶了个江南女子，小鸟依人型的，自从他去排了绍剧《秋瑾》之后，突然发现，原来江南女子还有一种是横刀立马型的，他说："哎呀，我很不幸地娶到了后者。"

坊间有很多关于我们两个人感情的揣测。有一阵子，人们说，茅威涛和郭小男闹得很厉害，老打架。

作为丈夫，作为中国美术学院的硕导，作为我多部戏的导演——譬方说，谢幕的时候，他会拥抱我一下，感谢我一下，底下观众就会尖叫，但也有观众会在微博上说我们两人作秀，"听说他们两人感情并不好呀"。

关于郭导的拥抱，我是这么理解的，他在台上拥抱我，我觉得他有一种感谢我的意思，我也很感谢他。因为我们是夫妻，也是艺术上的合作者，大幕即将合上，我们都有一种彼此感恩的、如释重负的感觉。这跟我们生活中吵不吵架，并没有多大的关联。

关于爱情的解读是很多的，你说，我和郭导之间不是爱情了吗？

肯定它也是爱情，但这种爱情化成亲情了，变成一种习惯了。我的生活里不能没有郭小男，郭小男的生活里也不能没有茅威涛，然后我们有一种更大的情感关系，就是艺术。我们一起谈艺术，一起谈创作，一起搞作品的时候，就像在谈恋爱，那种碰撞，是彼此的一次成全。

人家都说，爱是要付出的，但我觉得爱更像是一种成全，不要觉得是在付出，应该是在成全对方，这种感觉是很美好的。佛教里面讲布施，我把我自己布施给越剧，布施给社会，对爱人也是这样，对你的丈夫，你不要觉得你是在付出，我是在成全他，彼此成全。再大的矛盾最后也会化解。

而且，我们两人都是那种咄咄逼人的个性，郭导可能更胜于我，他是那种得理不饶人，可以把你逼得恨不能从这儿跳下去为止。开始的时候，我会被他逼疯，后来我就觉得，我改变不了他，我就改变自己——就像李安《少年派的奇幻漂流》里有了那只老虎，派才能活下去一样，就是因为郭小男的"逼"，我现在可以三秒钟"禅定"，一下子安静下来，什么都不去想，不去争辩。当然，这样的代价是蛮大的，很痛苦的。以前我们两人是针锋相对，是一种男女之间的对峙，茅威涛对峙着郭小男，郭小男对峙着茅威涛。现在，突然之间——人们说，女人沉默的时候很可怕，鲁迅说，不在沉默中爆发就在沉默中灭亡。当郭小男摆起架势准备攻击的时候，突然发现我淡定地坐在那里，一本书，一杯咖啡，听着音乐，这时候，他整个人突然就失去了状态，泄气了。

然后他必须反思啊，为什么我不跟他吵了？别人结婚让我说几句，一般人会说百年好合，我说，我就不落俗套啦，就送给你们小两口一句话，婚姻不是不吵架，而是吵着架还能过一辈子，这就是婚姻。

朋友们会说，嗯，茅威涛现在说话很有禅意。

沈爱国的一天从中午 12 点开始。

这是以前在报社坐夜班养成的生物钟，哪怕现在他早已不在业内，做着本该作息规律的大学老师这一行当，却依然如同等着签版的夜班编辑那样，熬到两三点。

他的微博名就叫“每天 12 点起床”，简介：浙大教书匠。

事实上，他把自己等分成三份：教书匠、媒体观察者、社会活动参与者。不偏不倚，无法割裂，如果硬要分清楚，“那就是人格分裂”。

沈爱国：三面人生

撰文 | 黄馨雨

沈爱国的一天，从中午 12 点开始。

这是以前在报社坐夜班养成的生物钟，哪怕现在他早已不在业内，做着本该作息规律的大学老师这一行当，却依然如同等着签版的夜班编辑那样，熬到两三点。

他的微博名就叫“每天 12 点起床”，简介：浙大教书匠。

事实上，他把自己等分成三份：教书匠、媒体观察者、社会活动参与者。不偏不倚，无法割裂，如果硬要分清楚，“那就是人格分裂”。

1982 年考上杭州大学中文系新闻专业，1986 年留校任教，至此 27 年，他再没离开过这座秋天落满银杏叶的校园。他教新闻业务，这门课不是书斋先生能讲好的，他很知道哪个知识点里能塞采访趣闻，哪个专业术语下代表某种写作状态。

抖包袱，戳笑点，他是个中高手。这得益于他漫长而丰富的实战经验，想要在讲台上张弛有度，就不能从业界离场。

他的确从未离开，无论是亲力亲为的那几年还是现在。1982级的杭大新闻专业学生，1986年至今的新闻系老师，杭州媒体圈里的人们，几乎都与他有着深浅不一的关系。这种密布的关系网使他成为游刃有余的渔人，他的那艘船上，永远是最新鲜的海味。

默多克说，新闻人就是要去人多的地方。在场，这是沈爱国一直强调的一个词，无论坐饭局还是做新闻，在场意味着发言权，这是属于他的存在感。

A 面 / 教书匠

沈爱国刷刷地在黑板上写下硕大的“马大嫂”三字，把疑问抛给同学。

这是浙江大学新闻系大三的学生，来自全国，哪怕是江浙本地，二十出头的年轻人看着书面化的方言，也是一脸疑惑。他撑着讲台环视一周，很满意在热切讨论后又安静下来的教室。

他又写了“买汏烧”三字，开始举例在某一段时期内，沪杭媒体极爱用音译方言做标题的例子。他的普通话不好，是平翘舌不分的吴侬软语，他并不躲避，反而放大，在某个点就是应该“笑”果出众的。

果然，哄堂大笑，他喝一口茶，开始讲下一个知识点。

这种课堂效果像排练了好几次，然而有些老师是不需要排练的，讲课与聊天没太大区别，只不过目的性更强。他那股游刃有余源于27年的教学经验，左手放着PPT，右手在黑板上写字——那并不是板书，只是他的思绪的串联点，倘若你是他的学生，不好好听课，只想抄板书，看着李敖叠着马克思在黑板上糊作一团，恐怕无从下手。

“在场很重要。”他在课上反复提到这个观点。

1979年，军事记者阎吾采写的《战后谅山》，成为比将军的战前动员更鼓舞士气的作战檄文。阎吾走上战场，用眼睛、皮肤、双

脚触摸燃着硝烟的谅山，在文章中还原越南用中国支援的大米垒战壕，中国制造的子弹打回中国军人的身体里。从现场带回的细节，自有千钧之力。

他讲述的这段故事画面感极强，前排几个男同学听得腰杆都直了几分。这就是他的新闻业务课，他像木匠般把大纲上的条条框框造成格子状的书架，再把一肚子故事分门别类地装进去。

这个过程让他喜悦，做自己擅长的事总有种顺利的成就感；也让他发愁，故事太多，常常拖堂，甚至有好几次是学生让他留下，把故事讲完再走。

对于老师的职能，韩愈在《师说》里做了精简提炼：传道、授业、解惑。每年学校统计有多少人想从事媒体，举起的手都呈递减趋势。在沈爱国思考的同时，学生也不断把疑惑抛给他。这位与新闻打交道的老师，处之泰然中仍有一腔热情，这让人信赖。

这样问的学生，前几年还比较少，这两年越来越多。

刚进来时想做记者，是一种理想主义。对新闻记者这个职业，他们是绝对憧憬的，拥有为民鼓与呼这种职能，“铁肩担道义，妙手著文章”，实现自己的人生理想。后来发现，实现理想所受的限制很多。这个限制指的不是体制——这样就显得太虚了——而是社会现实。

很多人对记者的印象还停留在影视作品、小说，或者他人的转述。太多人对新闻记者这个职业的了解是间接的。

只有闪亮的人才会被看到，更多的从业者是行星带里的细微存在。身处这个群体之中，才显得璀璨夺目。然而燃烧完毕，变成暗物质，就再也没人看见了。没人愿意了解失败者，就连不拔尖的人，也没有被了解的必要。据说崔永元在录节目前压力大到用拳头砸墙，然而摄影机红灯亮起，他又是那个带着坏笑的淡定男人。

全国有 26 万多在岗记者，发光的那些，凤毛麟角。越读到高年级越发现，想要拔尖很难。社会对记者的要求越来越严格，很多时候，我们都是戴着镣铐的舞者。

大学老师沈爱国说，无论考大学还是留校，站在人生的两个岔路口，都是老师给他指的路。大四时他在《杭州日报》实习，报社总编室来学校要人，系里的负责人半开玩笑半认真地说：“要敢不留校，就把你分配回湖州。”

“那时我真是恨死了系里的老师，毕业了还让我和两个大小伙子住三人间，在报社上班的同学都用上煤气灶了，我还在烧电炉，只拿一点点的薪水。”说这番话的时候他双手抱胸，语速极快，当年的细枝末节清晰到了那只电炉。

美剧《别对我说谎》里说，双手抱胸意味着防备。向他说起宋卫平、寿柏年的教师情结，他依然保持着这个姿势。

经常听到“教师是灵魂工程师”的说法。老师这个职业的确带着光环。

沈爱国说：“现在我一点都不后悔选择教师这个行业，但也就是现在来说。到这个年纪，已经解决了物质问题，生活无忧。吃饱穿好、旅游、房子、车子，一年收入十几二十万总有的。

“我看你们有一期采访，说到寿柏年先生的理想是做一个大学教师，我觉得这在一定程度上是风凉话吧。在衣食有忧的情况下，没人愿意当个穷教书匠。做绿城的副总，年薪几百万，衣食无忧，回过头来审视教师这个职业，自然是好得很。

“这个职业最大的诱惑力不外乎两个字：自由，思想与物质皆是。太多职业是束手束脚的了，不敢乱说一句话，不敢乱走一步路，每天都像林黛玉生活在荣国府。

“大学课堂之开放，在于每个学术观点都能得到尊重，有时间给你自圆其说。学术争鸣，这便是大学精神的表现。身体上的自由也是让我中意的。

“这两大自由是有诱惑力的，但也很难达到，毕竟学历摆在那。我认为医生、教师这样的工作应该有高报酬，他们在成长过程中所付出的成本远远大于其他行业。”

B 面 / 媒体观察者

空下来。

沈爱国无数次提到这个词，用一种恶狠狠的口气。

“1996 年结婚后，不是又空下来了吗？”“空下来以后，我又去做了副总编。”他似乎不能接受人生有断档，像剪片子那样一段挨着一段，没有空镜头，全是大段而完整的经历。

空不下来，这也是他的存在感。

采访老师是轻松的，他讲话有条有理，用声音制造了一个框架：“我想，我的从业经历可以分为三个阶段：某某年到某某年，我和某某，在某某做着某某。”在有格式的、有时间先后的划分方式下，还能见缝插针地说几个有趣的细节。

坐夜班的生物钟在那儿了，不用闹钟也能准时起。睡觉时要把两个手机关闭，家里的电话也放在客厅，只有紧急事件才能吵醒他。直到现在他也保持着这个习惯，所以课都排在下午，让他早起简直是要命的。

不打破已有的生活习惯，这是他信奉的，并得到医生认可的准则。今年五月动了一次大刀，主动脉瓣关闭不全，要置换成人工血管和钛合金机械瓣。5 月 8 日去北京住院，7 号晚上还在猛抽软中华。现在虽然已经戒了，但他把肚子变大的账算在戒烟上："嘴空下来了。"

不愿空下来。他从未真正做过全职记者，半只脚在业内，半只脚在学校，哪怕颠来倒去赶，都不肯亏待哪边一分。有这样经历的人很少，老师门槛高，做小记者又辛苦。他用多年磨练的平衡让两种身份共处。

空不下来的生活只是外衣，真正的内核是如何达到平衡，最终浑然难分，彼此融合。

"我的本科是新闻专业，毕业后在高校从事新闻业务教学。我必须对社会上传媒各界——包括纸媒、电视、新媒体——有所涉猎，第一时间掌握外界的资讯，经过自己的内化，最后外化为鲜活的学科常识。这点我是游刃有余的，掌握资讯后变成自己的语言，在课堂上见缝插针地渗透进去。

我必须要讲到参与媒体工作的历史。从书斋里出来的先生是没法讲新闻实务课的，不接地气，空对空。

1989 年，我跟着同学胡宏伟、朱国贤在新华社浙江分社参与新闻实践，没有报酬，就拿稿费。现在，胡是《东方早报》的副社长，朱是新华社浙江分社的社长。我和宏伟还给金庸的表弟写过内参，关于他的纠偏技术专利权被盗取。最后领导批示，解决纠纷。

1992 年的 2 月到 10 月，我在《钱江晚报》做新闻。那时的身份很微妙，我不能署记者，但讲师都评上了，署实习生也不合适，最后只能写通讯员。做了六年的教师，加上之前的从业经历，早就可以单飞。那段时间做了不少稿子，头版头条更不用说。

七八个月，十多个月，加起来两年时间，辗转三个地方。要抓住一切可以参与实践的机会，我这么想。”

沈爱国是个很会讲故事的人。课堂最后，在说到如何与采访对象迅速建立联系时，他举了个听来的例子。一个记者要在医院采访遇难者家属，一群跑民生线的一拥而上，什么都问不出来，作鸟兽散，问问护士、医生作罢，他在一边看着。等所有人都走了，他走到孤身一人的家属身边，掏出……

下课铃响了。

这也是烦恼所在，有太多的故事还没讲到头，就被时间分割成了上课与拖堂。他的一个学生说，社会是新闻的菜场，记者是厨师，学生隔着玻璃张望。而他是那个把玻璃外的生活抓进来的人。

这个穿梭在两种生活之中的人很要强，当初与他一起实习、工作的小记者，都成了媒体单位中高层干部，他选择当老师。实干给予他的是底气与能力，二十多年的双重生活则让他的菜篮子永远新鲜。

1994 年，杭大新闻学院与义乌小商品城合作，协办《小商品世界报》。这是一份有公开刊号，面向全国小商品市场的专业类商业报刊，发行量几十万份。

当时他们有一支采编团队，但构成很杂，太多非科班人员，缺乏一个真正具有新闻理论功底的人为他们把关。“我一去就做了副总编，整整一年都在管理采编。这张报纸现在与《义乌日报》一起合并为《义乌商报》，曾经在我手下做过记者的小年轻，现在一个个成了《义乌商报》的中高层干部。

“‘义乌模式’让学校觉得可以复制，于是从 1997 年到 2000 年，我坐进了《浙江青年报》的编辑部，正儿八经地上夜班，等大样，签字。

“每天十二点起床就是这时候养成的习惯。等到清样出片子，一切完成后，驾驶员把我送到家里，从两点睡到十二点。一天只吃两餐，从不吃早饭，也不吃宵夜，那时还是怕胖的。

“我从未放掉过任何一种身份。上午睡觉，下午上课，赴饭局，晚上值夜班。哪怕去义乌那年，我也要在周末赶回来给本科班上课。”

夜班磨人，干了三年，沈爱国觉得全身的免疫机能都在下降。我们往往对自己太有信心，只有病来如山倒时才能承认，的确是被打败了。

2000 年 3 月，有一种麻疹病毒出现变异，他带女儿去儿童保健院看病时，被患麻疹的孩子传染。刚开始以为是感冒发烧，挂了 15 天盐水才发现是麻疹，急匆匆地停药、住院。“就这样，一场成年麻疹，中断了我在《浙江青年报》的工作。”

他讲话时有归类、总结的习惯，并附上新闻标题般的口吻。这大概源于他曾做过两年的电视新闻评论。无论什么时候，好新闻评论员的评判标准从来都不是说一口标准普通话。他在课堂上的那种游刃有余，大概也得益于此，很多同学对他说：“听你讲课像听相声。”他自谦：“我比郭德纲的普通话差多了。”

“2007 年，那时的《青年时报》社长章丰和副总编范波一道来找我。这位浙江工业大学工科出身的社长，请我出任顾问，协助他管理报社。

“我哪里还做得动夜班？他立马表明来意：‘这次请你出山，采访、编辑、经营、专刊……都不用你负责，你只要做产品评价就好了。’

“于是，我在那几年成了全报社最‘不受待见’的人，每天的工作就是批评、挑刺，表扬的极少。每天写几千字的稿件评论，纵向、横向比较。这个活我擅长，上课在讲，平时在看，顺手得很。一天最少写三千字，多的时候一天写过一万多。

“我的评报文章被打印出来，贴在报社员工必经之地，采访回来的、出门回家的，都要驻足看一看。报社给我这个权利，我也信奉对事不对人，但被批评者的名字一定要提。表扬得少，批评得多。表扬只对被表扬者有意义，而批评反之。

“效果很好，报社的业务讨论氛围日渐浓厚。

“2008 年年初，《青年时报》和华数合作，推出一个叫《天天时报》的新闻评论类节目，类似于杨锦麟的《有报天天读》，这是我真正意义上的‘触电’。”

十二点起床找材料、整合，每期六千字，发给节目组，录完节目六点，七点十五播出……如此循环往复，做了近两年时间。这档节目不要求讲话字正腔圆，要的是资历。

“做过电视后再来做纸媒，写评报，哪里还吃得消。2011 年 3 月份我彻底退出，专心教书。”

C 面 / 社会活动参与者

“在一个阶段里，我就担心自己不在场。”

采访到近五点，天色已晚，下课的学生三五成群往食堂走。沈爱国说完最后一句话，一拍膝盖利落地站起来说，他还有个饭局。抓过运动开衫套上，匆匆往外走。

他的手机通讯录里有 2369 个人，微信好友1000多个，看一遍

朋友圈需要一两个小时。

“你仅仅是社会中的一个节点，不可能完全孤立。如果不被需要，价值就难以彰显。”他的性格爽朗，可以很快与人对话、建立关系。在课堂上，他把这归为记者必备的职业技能之一。

他是很怕没存在感的人。有一次去美国考察半个月，简直要把他憋坏了。那些大而规整的马路，那些排屋，那些说着异国语言的人们，让他不安，让他找不到存在感。

“在美国就算走在马路上，有块石头把我砸死，也没人关心。”他用一副严肃的面孔讲玩笑话，“放在中国就不同，只要我一两天不发信息，就会有人来问我：沈老师，你一切可好？”

他的存在感是有人记挂他。

“我不喜欢论坛，太高端听不懂，太低端不愿意去。我的社会活动立足于饭局。

“我以前很能喝酒，两三瓶红酒或者一斤白酒，都不在话下。去的饭局多了，结识的人遍布各行各业。人脉一词并不庸俗，实则是对社会资源的合理调度。

“在饭桌上，我基本上不会成为沉默者，你来我往，不亦乐乎。一个人社会价值的体现就在于此，而非在家庭，家庭中体现的是家庭价值。社会价值直接影响你的家庭价值，直观表现为，家族中上学、看病的通道都在我这里。”

他对自己是有自信的，这来自积累，来自阅历，来自三重身份下见过的人，听过的事，这让他站在一个更高的平台上。

到了他这个年纪，谈他崇拜的人，影响他的人，都不那么合适。他说，自己是要强的人，之前毫不自知，但他明白，自己总在不经意间，挖空心思在现有平台上冒尖。

“我发现自己的一个成长规律：适应力强。在一定范围、同等资源的条件下，我会努力做到出类拔萃。

“小学读的是由几个自然村聚集而成的学校，一年级到五年级，期末考试遥遥领先；到乡中学变成中不溜，只好从初一开始奋起直追，初三又是第一名；考到生源为好几个乡镇的高中，我一排，居然接近倒数。经过两年，高考发榜，全校文科第一。那年德清县才考上 66 个大学生；进了杭大，住在我上铺的兄弟比我高出 22 分。但四年后，我这个年纪最小的学生又是全班第一。

“我有这个自信，如果上清华、复旦，也会窜到前面。

“这种执拗存在于任何方面，时时刻刻都有声音告诉我，既然选择做这个，这样做，那就要做好。”

“非营利医院、心血管专科，设备一流，除了200张床位少了一点，基本是我想要的平台。在这个平台上，我当学科带头人，组建一支好团队，可以服务更多的病人。这个条件我能接受!”

刚到绿城医院头两个月，事事亲为，每天坐诊、查房，手术无论大小都亲自上，多的时候一天十几台，从早上8点半一直到晚上12点。很忙很累，但他忙得不亦乐乎。

“找回当医生的那种感觉特别好。”

沈法荣：找回当医生的感觉特别好

撰文 | 王小街

2014年2月28日上午10点，浙江绿城心血管病医院（下称“绿城医院”）。

刚巡完病房的沈法荣，匆匆下楼到门口，盯着手表打电话，问对方“到哪儿了”——他要接待一批来自桐乡医院的同行，有合作要谈。

打电话期间，有打过交道的病人和家属认出他，有些惊讶地冲他打招呼。因为他们知道，这是浙江医院心内科很有名的沈医生；他们所不知道的是，“沈医生”眼下已是绿城医院的沈院长。

2013年，政策红利之下，民营医院迎来发展的春天。国务院办公厅公布《国务院关于促进健康服务业发展的若干意见》，明确了医疗服务业全面向民营资本开放。随之而来的将是更多的配套举措，地方上，鼓励社会办医和医师多点执业等政策措施也将逐步制定出炉。

根据自己的判断和选择，沈法荣也在迈向自己的春天，转战民营医院。国内最顶级的心血管病专家，享受国务院特殊津贴，他早已功成名就。

然而，要给29年的公立医院执业生涯画上一个句号，需要的不只是勇气。

人到一个岁数，要顺势而为，不要逆势而动。走向体制外，在别人眼里是“逆”，沈法荣却找到了他的“顺”。

29年体制内生涯的终结

/“我追求一种境界，作为医者的纯粹境界”

从体制内到体制外。终结29年，沈法荣只用了38分钟，百米冲刺的速度。

2013年5月18日，上午门诊，沈法荣送走最后一位病人，拿着辞职信开始办手续。跑了若干部门，敲完13个章，用了38分钟。

两天以后，拿到辞职文件，沈法荣与心内科的同事开了最后一个会，说了三个字，“我走了”。沈法荣的出走，让亲朋好友、同行同事都颇感意外。因为此时，是他执业生涯里最顺的阶段，“完全没必要”。

回溯往事，1999—2006年，大约是沈法荣“最不顺”的一段时间——他的医学成果得不到国内医学界的认可。

国内的慢性心力衰竭（简称慢性心衰）治疗领域，沈法荣毫无疑问是标杆式的人物。1999年2月，他为一名慢性心衰病人成功实施心脏再同步治疗手术，这是我国慢性心衰治疗领域的第一台手术。

而在当时，国内医学界主流并不认为慢性心衰是必须接受手术治疗的病症。这台“里程碑”式手术的价值和意义，也因此而被低估。

直到2006年，对于慢性心衰的手术治疗，在国际上被广泛接受，沈法荣的价值才真正显现。他的手术案例，被载入我国《慢性心力衰竭器械治疗指南》。

如今慢性心衰的手术治疗早已在全国普及，沈法荣也成为该领域临床与学术的权威。

之后的很长时间里，这位浙江医院的心内科主任医师，名声在外。找他求医手术的病者络绎不绝，他的专家门诊一号难求，预约号已排到三个月以后。

作为医生，最大的认可来自病人。向沈法荣求助的患者来自全国各地，2013年前，连续12年，他每月都要出省参加全国会诊。最忙时，他一个周末要跑三个省的五个城市，一天要动二十多台手术。

这是沈法荣发展“最顺”的时候，按他自己的话说，是“功成名就”。那为什么选择在“最顺”时离开？

“是因为我的反思和追求，我追求一种境界，作为医者的纯粹境界。”

我走了，转战民营医院

/“我是医生，我要给人看病，我要上手术台”

何为“医者的纯粹境界”？

作为医生，要么为患者看病，要么为学术研究。为这个，沈法荣困顿和烦扰了很久。

行政职务，免不了行政事务。担任浙江医院的心内科主任，沈

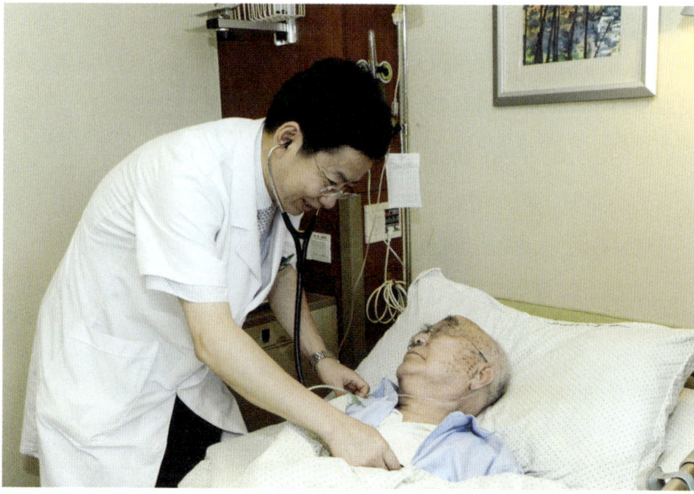

法荣极其厌烦开会。被要求参加各种行政会议，不能迟到，不得请假。这就意味着要抛下手术、撇下病人，这是沈法荣不能接受的。繁琐杂事和会议的打扰，让他苦恼至极，也促使他萌生去意。

怕开会，想逃离，可哪里不是这样，谁不是这样？“这个困扰成为我离开的很大一个原因，像不像是开玩笑？实在是不相干的事牵扯了太多的精力，能留给病人的时间自然就少了。”沈法荣坦言，有时自己会怕面对病人，“非常愧疚和自责”。

“我想做个纯粹的医生。”其实在8年前，筹建中的绿城医院就与沈法荣接触，抛出橄榄枝，但被他拒绝了。

“邀请我加盟可以，我提了两点要求：我要给人看病，我要上手术台。你医院都还没建好，能满足我这些最基本的要求吗？肯定不行！”

8年后，再邀沈法荣，绿城医院显然做好了准备。

“非营利医院、心血管专科，设备一流，除了200张床位少了一点，基本是我想要的平台。在这个平台上，我当学科带头人，组建一支好团队，可以服务更多的病人。这个条件我能接受！”

刚到绿城医院头两个月，他事事亲为，每天坐诊、查房，手术无论大小都亲自上，多的时候一天十几台，从早上8点半一直到晚上12点。很忙很累，但他忙得不亦乐乎。

“找回当医生的那种感觉特别好。”

接任院长，另一种忙碌

/“从在心脏上弹钢琴，到带领一支交响乐团”

2014年1月接任院长一职后，沈法荣要忙碌得更多，另一种忙碌。

绿城医院是浙江省内民营医院的后起之秀，建院之初，就确定了“大专科、小综合”的理念，将一个擅长的专科做精做强。绿城医院的大专科，就是心血管疾病。

搞综合性大医院，民营医院肯定比不上公立医院。毕竟公立医院有政策支持、资源和丰富的经验积累。而民营医院必须采取一种真正可持续的发展模式。

以前有人形容，说手术台上的沈法荣，是在心脏上“弹钢琴”的人。而如今他所掌管的，不再只是“钢琴”，而是一个交响乐团。

最重要的是人，人从哪里来？

沈法荣个人“转制”之后，原先医院的团队成员，也陆续跟随他而来，其中有医生也有护士。成熟团队的加入，无疑是对沈法荣本人最有力的支援。手术量从原先的一天十几台，降到七八台，从手术室里解放出来，使得他有更多时间做更多事。

最近，沈法荣一直在找寻心外科的人才。相对心内科，心外科显得偏弱。他希望心血管专科医院能两条腿走路，内外兼修。“这些日子正在引入一位心外科医生，他愿意加盟。我给他安排了一些手术，配上助手。他问：‘老沈你这是在给我考试吗？’我也直言不讳，考试当然是必须的”，每个招进来能成为核心力量的人，沈法荣都亲自考察，一轮还不够，要从业务、品行全方位考量。

沈法荣还有一个愿望。等到医师多点执业的政策措施真正落实

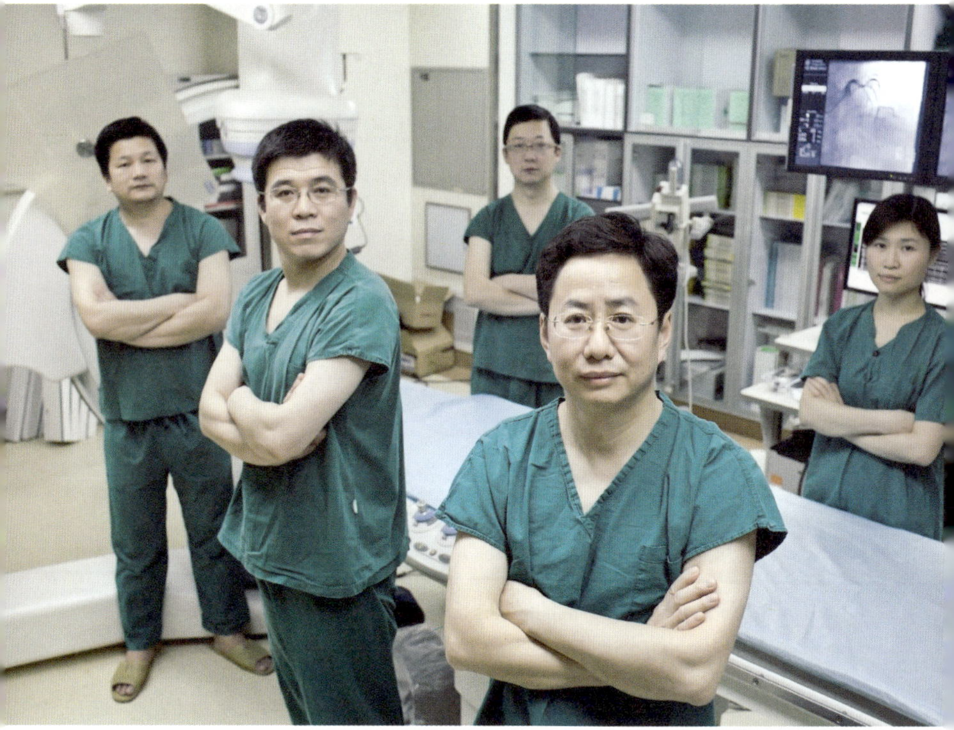

了，他有信心，凭自己过去多年在体制内攒下的交情和人脉，邀请全国顶级的心血管专家到绿城医院来做手术。

还能奋斗十几年，光荣与梦想

/“不要赚钱要口碑，宋卫平这句话给我吃了定心丸”

医改新政之下，沈法荣做好准备让绿城医院实现自身的光荣与梦想。“我才五十二，还能为这家医院奋斗十几年。”

当下，民营资本纷纷注入民营医院，绿城集团同样也不吝投入。接任院长后，绿城集团董事长宋卫平就不止一次与沈法荣交谈，对他提出的要求只有一个——不要赚钱要口碑。“他这句话，等于给我吃了定心丸。这个理想主义者有情怀，我欣赏他！”沈法荣提出，按目前医院接纳病人的数量，200个床位已经不能满足。宋卫平当下拍板，让医院旁的一栋四层的设计院楼整体搬迁，不惜一切代价，为病患腾出空间做病房。

“在一些公立医院里，浮夸风很重，无论业务还是学术。在这里，我要求杜绝这种风气。”沈法荣说，如果医院内部存在这种风气，那么医生也会将其施之于病人，这是很大的隐患，“绿城医院有一点非常好，就是用现代企业的管理体制来规范管理。无论财务、人事和行政，都是按照绿城上市企业的流程标准来管理，严谨而系统，相互制约着，不允许个人犯错。”

虽然有企业管理的优势，但民营医院也面对窘境。当下，不少民营医院采取简单粗暴的方式，进行广告狂轰乱炸，甚至夸大疗效，为获取短期利益，最后却失去公众信任，拉低了民营医院整体的口碑。牌子倒了很难再树，沈法荣不想这样做，只能另辟蹊径。

很多异地来绿城医院治疗的病人，医药费回去没法报销。异地就医报销难，困扰着许多大病患者。国务院医改办已对“医保异地就医结算”拿出时间表，沈法荣和绿城医院希望能先行一步，且“小步快走”。

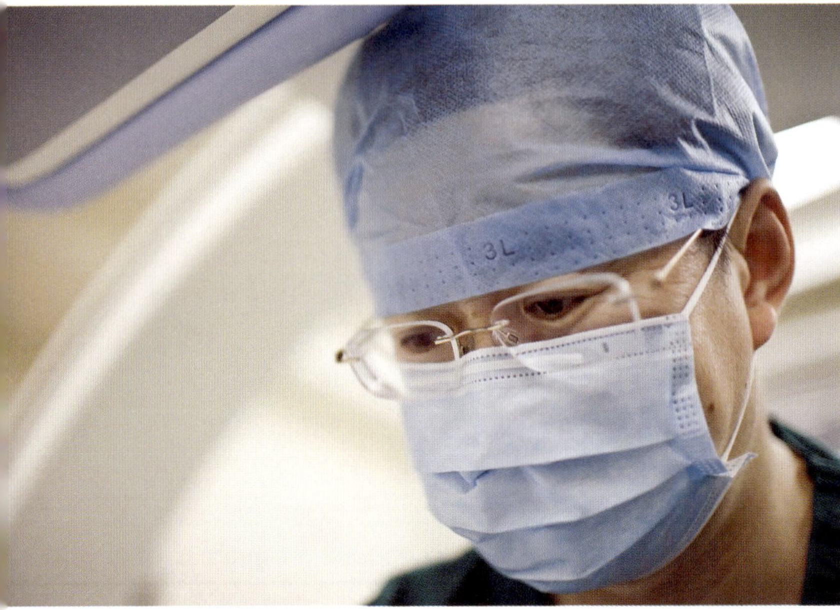

“现在只能一个地方一个地方去谈，去周边的省份和县市，远到安徽、江苏，近到海宁、桐乡，挨个政府部门做工作，有些是打通关系，有些是特批。所以，这是一条很艰难的路，耗费了我们大量的精力、人力和财力。”

实现异地就医即时结算报销，能够为更多的病者服务，基于这个出发点，哪怕再难，沈法荣也想坚持走下去。

“我非常看好绿城医院，现在整个杭州，只有这一家心血管专科医院，我给自己制定时间表，到2015年，我们的基础改造要完成，目标是争创三级甲等医院。”

提问

你1962年出生，在公立医院干了29年，现在才走向体制外，会觉得年纪大，力不从心吗？

沈法荣

我很老吗？我的心态一直很年轻，没到50多岁的程度，包括体力，也就40多岁吧！（笑）确实是这样，很多人到了我这个年纪，像我的一些高中同学，他们学的不是医，50多岁，好多都提前退休。功成名就，该享受生活了。但我们学医的不行，你只要跨入这个行业，学医为人服务是一辈子的事。像我这样，经验有了，技术也比较成熟了，正是当医生的黄金年龄。除非你老到动不了手术。所以，让我休息，放弃，几乎是不可能的。

提问

院长工作比较繁忙，还有自己的时间和生活吗？

沈法荣

十多年前，时间还比较空的时候，我周末会去钓一天鱼。我是湖州人，生长在鱼米之乡嘛，特别喜欢钓鱼。钓鱼对身心特别好，尤其是对医生。首先能让你放松，其次又要求你全神贯注，这不就是在手术台上的理想状态吗？我也知道这样对自己调整特别有好处，可是时间做不到，不允许你有这样的兴趣爱好，现在只能把精力放在医院里。等到这个医院扩建完了，上等级了，所有关系都理顺了，我相信可以腾出点时间，享受一下生活。

提问

有特别欣赏的人吗？

沈法荣

欣赏的人很多，各行各业。比方说我们这家医院的老板——宋卫平。我们俩，他77级，我小他两级，79级，交流起来没什么障碍。我就看他的理想主义、完美主义，这方面的追求不是一般人能达到的，我个人非常欣赏。不过，欣赏归欣赏，比方说他追求的完美，造房子可以，但我们做手术不可以。手术台上，很多时候，追求一点点完美，就容易出事。医生经验的宝贵就在于此。有时老医生会说，差不多可以了，但年轻医生说不行，还不够完美，这就是一个“度”。手术台上的经验判断是非常重要的。比方我们做手术，把血管扩开的时候，你扩12个大气压可以，扩16个大气压也可以，但12个大气压就是这个“度”，你要完美到16个大气压，那血管就破了。这些你怎么知道？只能靠经验，就是一刹那。所以这个“度”，只能意会，没法言传，具体说不清。

平时见到他们，都是在屏幕上，在赛场上。他们爆发“洪荒之力”，超越自己，突破极限。聚光灯下，有鲜花，有掌声。人们看不见的时候，是血汗，是艰辛。

他们是奥运赛场上的健儿。

石智勇：奥运冠军的“朋友圈”

撰文 | 晓迈

平时见到他们，都是在屏幕上，在赛场上。他们爆发“洪荒之力”，超越自己，突破极限。聚光灯下，有鲜花，有掌声。人们看不见的时候，是血汗，是艰辛。

他们是奥运赛场上的健儿。

或许，你会在自己的小区，在泳池，在绿荫道看到他们，他们或运动慢跑，或休闲散步，间或抬手与人打招呼，脸上露出朝阳般的微笑。

真实、真诚、真率，这是他们给人的第一感受。热爱运动的人，浑身都很阳光。

2016年9月25日，运动员孙杨、石智勇、汪顺、潘飞鸿来到地铁绿城·杭州杨柳郡生活体验馆，参观现场活动。许多业主拥入体验馆，争相与奥运健儿互动，一睹几位绿城新邻居的风采。

绿城集团多年来情牵体育事业，不遗余力助推全民体育，此次浙江健儿奋勇拼搏，胜利而归，取得2金2银3铜的佳绩。绿城集团有给奥运奖牌得主奖励的传统。今后，说不定你可以在杨柳郡的园区里，见到这几位运动健儿的身影。

现在，就让我们去听听几位新邻居的故事吧！

石智勇：梦开始的地方

石智勇，里约奥运会上，在男子69公斤级举重赛场上一举拿下冠军。

有人把他成功举起决胜之后蹦蹦跳跳的视频做成了动图，萌极了。

而那天在杨柳郡现场的嘉宾休息区内，我见到石智勇时，他正埋头吃早餐。早餐花样很多，他风卷残云。对吃饭香的人，我历来都有好感。

9月24日
第一次穿西装，感觉还可以。

9月22日
我爸要增肥，我要减肥，能不能把我的肉给点老爸？哈哈哈！

9月17日
青田美丽乡村奥运会，第一次滑雪，摔摔就会了！玩得很开心，唯一的遗憾就是从温州站票回宁波。

教练一眼就看中了他

石智勇，现常居宁波，来自举重之乡广西桂林市临桂区。石智勇11岁就开始练习举重，后被教练相中，前来宁波进行训练。

石智勇还有一个哥哥，目前在外面打工，父母两个老人在家里种了十几亩田。

要说他的成长轨迹，离不开启蒙教练李冬瑜。

石智勇的启蒙教练李冬瑜，与石智勇是老乡，家乡都在全国知名的举重之乡广西桂林市临桂区五通镇。

“中国举重的两大家，广东的陈家和广西的肖家，陈家是指陈镜开，他是新中国第一个打破世界纪录的运动员。肖家则是指肖明祥，从石头制成的杠铃练起，5破1平世界纪录，肖家就在五通。”

此外，唐灵生、肖建刚等举重奥运冠军和世界冠军都出自五通。

举重，作为当地的传统运动项目，一直被保留下来。

冲尾村，是一个山清水秀的小村庄。距五通镇约四公里，百来户人家。

1993年，石磊就出生在这个村庄——石智勇那时还叫作“石磊”。

“5岁多就会做饭了，等我们收工回来，他已经把饭煮好了。”

9月2日
回到了我梦开始的地方，心里是各种滋味都有！

父亲石桥生说："那时候还是烧柴火做饭呢！"

邻居们也记得，石磊小时候力气大，有劲，七八岁就能举起板车轮子，一蹭就上去了。

五通是全国有名的举重之乡，这样的好苗子自然不会漏掉。八九岁时，石磊进了五通镇小学举重学校，师从教练肖双贵。

练举重，很苦。但石磊特别懂事。因为举重之乡，人们都知道，除了考大学，练体育也是跳出农门的一条捷径。举重教练李冬瑜，自己就是顺着这条"捷径"去了八一队，后来又到了宁波体校担任举重教练。

2004年，李冬瑜回家探亲，就想顺便挖几个举重的好苗子。当时石磊在五通镇中心小学的操场上跑来跑去，李冬瑜一眼就看中了他。

把名字改成了"石智勇"

许多年以后，石智勇想起那一情景，仍然觉得幸运。

8月27日
在香港遇到了甄子丹!

8月23日
这几个人天天在总局门口蹲着要签名，拿去淘宝卖……

如果不是李教练看了他一眼，说不定他也不会走上举重专业运动员这一条路，也就更不会有后来走上奥运赛场夺取金牌的一幕。

五通地方不大，石磊的父亲也与李教练认识。李冬瑜也是五通人，曾师从奥运冠军唐灵生的启蒙教练唐运桂，后来进了八一队，退役之后到宁波体校工作。2003年，宁波体校开始从外地引进运动员，李冬瑜从五通将唐德尚带到了宁波。后来唐德尚在2011年举重世锦赛获得2金1铜。

2004年年底，被李冬瑜相中的是石磊。

2005年，小小年纪的石磊，就跟着李教练到了宁波，边读书边练举重。

同时和石磊来到宁波的还有七八个师兄弟，同乡之间的温情冲淡了少年离家的忧愁。

那时的石磊个子很小，是个敦实的孩子。

“看他的协调性、爆发力都可以，人也很灵光。举重不仅仅是力量，还需要脑子，脑子灵光的小孩才有潜力达到顶峰。”

8月11日
准备回国喽！但是得历经三十多个小时才能到北京！

“带了他3年，比较调皮好动，小错误很多，但不会犯原则性的大错。其实越有名的运动员，小毛病就越多。他的自信心很强，不怕输。”

到宁波之后，李冬瑜提出给石磊改名字。他觉得原来的名字里“石头太多”。他说，练举重的人，石头太多，阻碍太大，不如改成“石智勇”。

除了取“智勇双全”之义，还寄寓了向2004年奥运冠军石智勇看齐的愿望。

但“石智勇”这个名字，最初带来的是比石头还多的压力。他去参赛的时候，别人总会说：“哈，怎么又出来一个石智勇？”媒体也说，这是一个“靠名字刷存在感”的人。

这种困扰，在石智勇身上缠绕了很长一段时间。

一定要干出名堂！

后来石智勇就去了省队。

入选浙江省队后，师从陈环，之后又被分进了占旭刚所在的一组，成为重点培养对象。但由于伤病，他接连缺席大赛，表现得并不是特别突出。

在2011年的全国举重冠军赛上，石智勇拿到了69公斤级别的冠军，在江湖上慢慢有了名气。2012年，全国举重冠军赛在柳州举行，石智勇第一次回广西比赛，他父母也第一次到现场看他的比赛，但结果很糟糕，挺举三把打零，没有成绩。2014年，石智勇也由于伤病，未能参加亚运会、世锦赛。

但他要强。

既然选择了这一行，就一定要干出名堂！

即使扛着伤病，也从未放弃。

与另一位奥运冠军“石智勇”重名的他，不仅有成为冠军的梦想，还有着打破世界纪录的决心。果然，在里约奥运会男子69公斤级举重决赛中，石智勇夺取了奥运金牌。

9月9日
这几个兄弟很帅。

奥运大赛之后，石智勇有三个月的休假期。

他说，有信心再干一届。四年后，再上奥运赛场。

汪顺：今天让我傲娇一下

尖叫。

门外几个姑娘冲进来，直奔汪顺。“啊！太帅了，我想跟你合影！”

搞得汪顺也有点不好意思了。

生于1994年的汪顺，身高1米92，长手长腿，确实帅气又阳光。一不留神，人家会以为这是个男模。里约奥运会上，他在一直落后的情况下，奋起直追，一举拿下200米个人混合泳的铜牌。

臂展比身高还长，适合游泳

汪顺是正宗的宁波奉化人，父亲是萧王庙汪家村人，母亲是莼

8月12日
谢谢大家的祝福，么么哒，今天让我傲娇一下。

湖下陈人。汪顺从小聪明调皮，个子比同龄人高。5岁时，汪顺的爸爸汪严守去宁波做生意，全家人搬至宁波居住。

2000年，宁波游泳教练到小学招收游泳苗子，看中了汪顺。

“我还记得当时教练跟我们说，汪顺身材修长，尤其臂展比身高长，很适合练习游泳。”汪顺妈妈陈水芬说，那时根本没想过汪顺会成为专业游泳运动员，只是简单地觉得，游泳是一项技能，能学学游泳挺好的。

刚开始学习游泳时，稚气未脱的汪顺依旧很顽皮，训练不努力，成绩很普通。

不过，教练还是很看好他，一年多后把他送到了省体校。

刚到省体校，汪顺差点被退回来。原来，体检的时候，省队教练发现汪顺的臀部骨骼不符合游泳运动员的标准。骨龄检测，说尾骨稍有裂缝，要退回。经宁波方面与省体校的教练多次沟通、协商，最终才留下来。

9月21日
偶尔刷个街。

在宁波走训期间，汪顺的父母为全力支持、配合他的训练，一年四季，风雨无阻接送儿子。后来去了省体校，他们每周都去看儿子一次，费钱费时，这样一直坚持到儿子进入省队。

就这样，2002年，汪顺进入了省体校。“那时年纪小，一个人离家，很想念爸爸妈妈，心情不好，训练又枯燥，冬天常常没睡醒就要下水了。”

有时候，汪顺觉得自己坚持不下来了，就打电话给妈妈，妈妈总是鼓励他再咬咬牙。

坚持，再坚持

2007年在萧山举行的游泳赛上，教练把汪顺引荐给了省队教练朱志根。

朱志根把汪顺带到游泳池，让他在里面来了两个25米冲刺。朱志根看后很满意，特意要了一个名额把汪顺招进省队。2009年，汪顺被朱志根带到了中国游泳队的二线队。

他的主攻项目是中短距离混合泳。

个人混合泳属个人全能项目，换句话说，蝶泳、仰泳、蛙泳、自由泳这四种泳姿不仅都得会，还都要练好，而且必须在某个项目上成绩突出。汪顺在四种泳姿中比较强的是蝶泳、自由泳。

近年来，汪顺参加了亚运会、世锦赛、全国锦标赛、全国城运会、奥运会等大赛，曾摘金夺银，打破全国纪录、亚洲纪录。

但他也有发挥不佳的时候，比如2012年伦敦奥运会就打了一回酱油。

去年一整年汪顺状态低迷，后来才走出低谷。

谈到状态回升，汪顺说："还是在自己身上找原因，抗压能力练习得蛮到位。"对于参加过的比赛，他表示，比得好比得差都已过去，收获是积累了经验、增长了阅历。

在澳洲训练，汪顺每天早晨5点下水训练，晚上八九点才离开，一天的训练量有时能达到上万米。即便是遇到持续一周的狂风暴雨，汪顺依然坚持在室外泳池中训练。

在海埂训练基地，汪顺也不再携带电脑，并且每晚准时把手机交给教练，"我爱玩游戏，怕控制不住自己，索性就不带了。特殊时期特殊对待，晚上没有手机睡得好"。

当别人褒奖汪顺时，汪顺总显得很不好意思，有时候还会脸红。

2013年全运会后，汪顺回到奉化老家。儿时在家门口嬉水的场景时常出现在脑海中，常年在外训练的他，趁回家的机会，下河游泳，感受家乡的气息。

在跟当时的市委书记张文杰聊天的时候，他提出来两个愿望：一是非常想念小时候在萧王庙河里嬉水的日子，想再在家乡的河里游一次泳；另一个是想去民工子弟学校为孩子们上一堂水上安全辅导课。

2013年9月16日，汪顺一个猛子扎进了故乡的河里———剡溪。游完泳后，大赞家乡的河水水质好。随后又走进了奉化市向阳民工子弟学校五年级三班的教室，为民工子弟学校的学生上了一堂课，向他们讲授了一些游泳的安全知识。

这次里约奥运会，终于到了决战时刻。

汪顺的主要对手是菲尔普斯、罗切特，还有日本的萩野公介等

9月23日
我在这里——阿根廷总统、巴西总统来过的特色西班牙餐厅！还有联合国秘书长哦！

9月13日
看我！快看我——感谢亲爱的班长，多年不见，初次见面给我这么大惊喜！

一流好手。但汪顺毫无压力，信心满满。

在决赛中，汪顺曾一度落入第7位，但在最后50米，他在自由泳上的优势显示出来，一路追赶，超越了自己的偶像罗切特，拿到了一枚宝贵的铜牌。

“菲尔普斯和罗切特都是我的偶像，可惜赛后没看到罗切特。很荣幸，我和菲尔普斯握了手。”

颁奖仪式上，汪顺获邀与菲尔普斯站在领奖台上合影，22岁的汪顺兴奋极了，他向自己的偶像竖起大拇指。

潘飞鸿：心底溢出的快乐

江南女子，清秀高挑。1米73的个子，人家见了都说漂亮。“比电视上漂亮多了！”

接下来就会问她：“你天天在水上练习赛艇，不是应该很黑才对

9月21日
又一个完美升华——心路历程分享会。

吗？可你这么白！”

她清新可人、长相甜美，待人接物时笑如春风。眼睛弯弯，还有一对可爱的梨涡。

8月12日21时许，瑞安姑娘潘飞鸿和搭档黄文仪，以7分06秒49的成绩获得赛艇—女子轻量级双人双桨决赛铜牌，夺得本届奥运会赛艇项目中国奥运代表队的首枚奖牌。

对于潘飞鸿来说，这枚铜牌圆了她在四年前就有的奥运梦。

并不平坦的运动生涯

出生于1989年的潘飞鸿是瑞安上望九一村人。潘飞鸿从小就有运动天赋，特长是中长跑，在瑞安市体校学习时就表现突出，被老师推荐给温州市体校。

虽然潘飞鸿身形单薄，但心肺功能特别好，1500米跑下来大气都不喘。

8月31日
妥妥的！

8月25日
我们出发啦！

在温州体校学习了一年多后，省赛艇队来招人，身材高挑、形体漂亮的潘飞鸿一下就引起了赛艇教练陈招娣的注意，而当潘飞鸿伸开双臂时，更令陈招娣吃惊。

这孩子的臂展居然有177厘米，比身高足足多了10厘米！

普通人的臂展，一般都是与身高相当。她天生就是学赛艇的料啊！

就这样，年仅13岁、对赛艇一无所知的潘飞鸿就此转行。从13岁接触赛艇，到27岁终于实现奥运梦想，拿到宝贵的铜牌，潘飞鸿的运动生涯并不平顺。

姐姐潘飞燕说：“练田径的人太多，很难熬出头，而赛艇这项运动当时在国内普及度不高，她就想去试试，希望能有所作为。”

有田径基础的潘飞鸿，在学习赛艇时有着较大的优势，接受能力也更强，但高强度的训练依然令她感到吃力，特别是两只手磨出了很多血泡，让她苦不堪言。

一年后，潘飞鸿拿到了省冠军。

2007年，她进入国家队深造。

因年龄太小，她没能入选北京奥运会阵容。此后的几年时间，

9月9日
哇！大清早起来看见它开花了，好美！第一次看见仙人球开花！

她与队友频频在全国各大赛事中获奖：2009年第十一届全运会，和队友范雪飞获得女子赛艇轻量级双人双桨亚军；2009年第五届东亚运动会，和队友范雪飞获得女子赛艇轻量级双人双桨冠军；2010年广州亚运会，她和队友黄文仪摘得金牌，这也是中国在该届亚运会获得的第100金……

就在潘飞鸿迎来运动生涯的黄金时期时，她的奥运梦想也变得触手可及。2012年伦敦奥运会前夕，准备充分的潘飞鸿原以为有机会参赛，却碰上已退役的著名赛艇选手徐东香复出，因而错失良机，深感遗憾。

2013年全运会摘金后，潘飞鸿的身体状况跌至低谷，胃溃疡、腰椎间盘突出等病痛一并袭来，饱受折磨的潘飞鸿成绩也下滑得很快。

加上队里很多优秀的老队员纷纷退役，她也产生了退役的念头。

当潘飞鸿向启蒙教练陈招娣倾诉心声时，陈招娣告诉她："能找到一条真正属于自己的路不容易，好比百米冲刺，你已经跑了80米，前进只有20米，后退就要退80米，如何选择，你自己权衡。"

在陈招娣的鼓励下，加上省队领导极力挽留，潘飞鸿选择留下。

8月13日
第三！不负众望，感谢关注我比赛的朋友们，你们的祝贺我收到了，就不一一回复了！我们回国聚。

之后一年，她在省队一边做运动员一边当教练，其间没有参加任何赛事，身体得到了全面的恢复。一年后，潘飞鸿再次踏上征程。

淡然又坚定的姑娘

常年在外训练，潘飞鸿与家人聚少离多，已经五年没有回家过年。

27岁的姑娘一双手伸出来都是厚厚的老茧，皮肤也因风吹日晒变得粗糙黝黑。

家人不希望她这么辛苦，盼她早点回来嫁人。

事实证明，成功总会眷顾足够坚持的人。2015年，潘飞鸿与分别六年的搭档黄文仪重新组成“黄飞鸿”组合，接连摘得世锦赛意大利站金牌和瑞士站第四名，潘飞鸿终于搭上征战里约奥运会的班车，实现了多年的梦想。

教练王慧清说，潘飞鸿这次参赛的心态很好，她说能进奥运会就已经圆梦了，比赛没有压力，只会全力以赴。言语中能感受到她的淡然和坚定。

“这么多年来，一路看着她走过来，感觉到她的变化很大，已不再是当初那个羞涩的小女孩，变得成熟、开朗、自信。”

在里约的日子，潘飞鸿减少了训练强度，尽量让自己多休息，轻松上阵。

休闲时光，她会逛逛奥运村，见到熟悉的运动员会一起合张影。

现在终于圆梦奥运，潘飞鸿的笑容更加甜美。她的快乐，似乎是从心底里溢出来的。

《论语》中曾子说过一句话，“士不可以不弘毅，任重而道远”。弘是宽广，毅乃强忍，我们想呈现的，是一个经过“绿城之痛”之后的宋卫平，一个纵横捭阖的英雄，当他被赋予一种悲情主义的色彩之后，他所带领的绿城团队，是如何从那场伤痛之中站立起来的。

宋卫平：士不可以不弘毅，任重而道远

撰文 | 潘宁

壹

摁下十层那个电梯按钮的瞬间，脑袋还是一片空白。

只消轻轻一按，仿佛地球引力就会迅速消失，站在这电梯里的所有人——无论高矮胖瘦，所有的人都会摆脱重力的桎梏，让那股背道而驰的力量，带领他们轻盈地起飞。

可是我只想慢一些。

采访宋卫平所伴随的不安很巨大，大到可以在心里小声诅咒电梯上升的速度。

对于大部分中国人而言，在中国房地产界声名显赫的宋卫平，于他们不过是一个陌生的上流人物。拜资讯发达所赐，人们偶尔能听到关于绿城与宋卫平的片言只语，那些片言只语如同雪花，袭来时漫天飞卷，但又很快彻底消融。特别是去年年底，有关绿城的各种真真假假的传闻，一时竟成为街巷话题——打个粗糙的比方，如果10个人里面，绿城业主占2个到3个的话，那么，这种街坊式的漫谈注定大都是即兴的、看热闹的、好奇的。当下中国，昂贵的房价，让造房子的人和住房子的人各自心怀忧伤，他们隔岸相望，永远也无法汇集在一起。

电梯善解人意地停顿了两次。一个人从五楼进来，从六楼下去；又一个人从六楼进来，从七楼下去。黄龙世纪广场的电梯内部通体被不锈钢包裹，没有镜子，没有玻璃，所有不安的情绪统统得不到投射。

十楼到了。

走近宋卫平。

提问

我们这次访问的话题，想围绕《论语》中曾子所说的一句话，“士不可以不弘毅，任重而道远”。“弘”是宽广，“毅”乃强忍，我们非常想向绿城业主之外的更广大的群体，呈现出一个经过“绿城之痛”之后的宋卫平，一个纵横捭阖的英雄，当他被赋予一种悲情主义的色彩之后，他所带领的绿城团队，是如何从那场伤痛之中站立起来的。

宋卫平

这谈不上什么悲情主义，其实，这就是一种别无选择。

讲得通俗一点，这是一种无奈。如果当时选择放弃，选择消极，选择逃避，选择不负责任，那么以后呢？以后的结局就不堪设想。

当时，我们作出了现在看起来是最正确的决定。绿城选择了坚持，这是一个全局观的问题，一个大是大非的问题。确实，当时的局面也到了我们不作出改变的话，可能这辈子用了20年时间打下的基础，就会被拖垮，会被葬送掉。

一般人，到了我这个年纪——比方说再给你20年，让你重新打造这个基础，可能性就不是很大了。尤其是经过2005年和2008年两次宏观调控之后，绿城对调控也开始有所适应，也没有心存太多的侥幸心理——万一调控的时间再延长呢？只有努力去改变，去坚持。

就算要放弃——也总要在好一点的时候放弃，这样比较好，是吧？让我们在最艰难的时候放弃，总是不应该的。哪怕我们最后的努力都白搭，也是心安理得的。况且，也不是我一个人的事情，这关乎整个公司的命运，要是选择放弃，成千上万的员工怎么办？而且，绿城倘若选择放弃，绿城的业主怎么办？那些已经造好的房子，那些正在建造的房子，还有业主所必须享受到的物业服务怎么办？

去年下半年开始，到今年，我们总算开始是走出来了，好在，我已经是知天命的人了，知晓世界大事，也知道中国社会发展所面临的各种可能性。我的应变能力可能更从容一些。

一切都别无选择——如果，再要作选择的话，我就要选择退场了。

值得一提的是，绿城这个团队的基础还真不错。很多高管，都是从绿城创业伊始的时候，慢慢从公司员工成长起来的。我跟他们一起工作了很多年，他们的成长，我们有目共睹。每年年终，公司的表彰大会一开完，每个员工的考评成绩一出来，“优秀”“良好”一打分，到了晚上，就会有猎头公司给他们打电话了。

员工的成长，绿城始终是放在第一位的，也是绿城最重要最骄傲的成就。我们把房子造得再漂亮，这些漂亮的房子终究属于客户的，只有这些营造者，他们才是属于我们的灵魂，这是我比较引以为豪的。绿城人，是一群被真善美的光芒所引导的人。

贰

讲话的时候，宋卫平总是会不由自主阖起双眼。这让最初见到他的人难免忐忑不安，他很疲惫吗？

他有着公认的好面相——现在，人们动辄就讲星座，见面之后不再寒暄“你吃了吗”，而是彼此打听星座，十二星座，各自画地为牢，各有各的华丽，各有各的脆弱，彼此谁也不服谁。我不敢向这位地产界的大佬提出如此时尚而莽撞的问题，他生于20世纪50年代，那一代人所经历的，几乎涵盖了星座学所描述过的生命的各个节点，——那些跌宕、受困、迷惑、意气风发、难以为继、义无反顾的人生况味，已经成为他们流动的血液的一部分。

他双颊饱满，鼻翼厚重，眼梢颇长，从传统的审美角度来审度的话，这应该是一个具有悲悯色彩的人，况且，他还拥有一对那个年龄的男人所罕见的酒窝。漩涡很深，随着讲话时面部肌肉的牵引，漩涡中涌动的，是善意，是和美，仿佛是上天特意赠与他，是一对化干戈为玉帛的利器。

可是，坊间从来不曾缺失与他的脾气相关的传闻。

宋卫平生气的时候很凶的啊。

开会，开着开着，讲到动怒的地方，老板直接就把人家的手机给丢出去了。

从某种角度讲，宋卫平确实是他那个独立王国的一国之君，所有关于他的传说，其实何尝不是中国房地产业风生水起、命途多舛的那一点点缩影。风云际会，那些不甘于平庸的人，被妖魔化、被津津乐道，那种“躺着也中枪”的概率，势必要比常人多出许多。他们是中了命运头彩的那拨人，“铁肩担道义，甘苦我自知”——他们早就明白这个道理了。

倘若，一定要恋恋不舍地用星座来描述宋卫平的话，好吧，他一定具有狮子座的长袖善舞，天蝎座的敏感直观，处女座的挑剔，和金牛座超乎常人的稳定感。

提问

您和绿城对山东曲阜这个项目倾注了很大的经历和很多心血，从“士”的角度来看，这个项目非常契合中国传统文人的情怀。您和绿城在这个项目上是否秉承了一种使命感，你们将在中国传统文化的弘扬之路上走多远？

宋卫平

使命感，这似乎拔得太高了一点。曲阜这个项目，其实就是一个合理的传承，是绿城的一种回报方式。

在我读过的历史里面，人类的文明史，是跟教育密切相关的，我们是以教育作为主要转动轴的现代文明成果的享有者。我们能够在这个世界上生存，享受人类现代文明的成果，简单一点说，我们能够活着，都是受惠于人类文明的发扬光大，假如没有现代医学，中国人的寿命大约也只有四五十岁。那么，既然我们是人类文明的享有者，享受者，那我们义不容辞的责任，就是要把它传承下去——这其实已经不是一种使命，那根本就是一种应尽的义务。

你生下来，如果没人养你，你也就难以存活；生下来而没人教你，你也不会懂事；倘若没有那么多现代的交通工具，你有可能还在小山村里转悠。所以，我的理念就是，一旦具备了很好的生存空间——通过学习，我们获得了工作；通过工作，我们获得了报酬，我们能安身立命了；这个时候，我们就有绝对的义务，要把这个文明传承下去，发扬光大。

中国历史上影响最深远的、在中华民族文化里面起主导作用的，应该就是孔学，或者叫儒学。我们所养成的为人处世的方式，看待事物的方式，包括这个国家，这个民族，这个国家在文化底蕴上，基本上可以和发达国家里面那些优秀的民族并驾齐驱。从这个视角来看，孔子应该是个奠基人。

譬如孔子所说的"唯女子与小人为难养也"，这个观点，放在当下的社会，肯定站不住脚，也不会轻易被人们所领会。但那确实是一个非常正面的意见——小孩子你是要照顾好的，女孩子你是要照顾好的，妇女儿童是应该得到保护的，为什么，因为他们难养。不是贬低女人，不是指责小孩子——因为小孩子他好动，好学，不好管；而女子，她们的思维方法和当时占主导地位的男子是不一样的，很难被理解，你就只好小心翼翼地对待她们。

我觉得，在孔子学说里面，有明显矛盾的东西是不多见的，他的体系是相当严谨的，他的内核，包括他的时空观，那些东西至今看来都还是非常靠谱的。那个时候，连同孔子在内，包括古希腊，人类在那个时候涌现出一批非常伟大的思想家，我甚至可以理解为他们是上帝派来的组织者和率领者，他们有的是帝王将相，有的是思想大家，他们是来照亮人类的前途，或者说指明人类前进的方向的。

这些年，随着我们阅历的增加，随着很多所谓的显学的衰落，中国传统文化里面，像孔学那样的更加具有时效性，更加朴质的、本土的东西，便成为维系我们精神的非常重要的基本元素。

作为一个文化人，读书人，我们肯定受惠于这些东西，只是程度不一而已，把这样一些做人做事的、为世界所认知的道理，继续发扬光大，我们就是站在这个角度上做这个项目的。

我也很担心这个项目做不好，忐忑不安，靠我们自己是做不来的，学问肯定不够，但是可以去找那些中国最顶级的思想家，由他们去做内容，绿城在其中就是扮演和承担一个组织者的角色。

叁

"有没有听到过金币的声音？巴尔扎克的小说描述过这个声音。"

曾经在网上看到过这么一段文字，是宋卫平接受某家财经刊物采访时的开场白。

当时心里一惊、一艳。

商战之上，那个披荆斩棘的人，居然也具有如此文学的表达方式。

宋卫平是历史系毕业的，是国家恢复高考后的第一批大学生。之前是地处临平的浙江美术地毯厂的一个车间工人，应该也是热爱文学的青年吧。那个年代的文学青年，他们手里的热读文本寥寥无几，他们应该对巴尔扎克、莫泊桑、司汤达等的作品偏爱有加，很多人至今都能背诵里面的段落——"风在赶着我们猛刮，云在我们身后紧跟，月亮向我们扑了下来，整个心惊胆战的夜都对我们紧追不舍。"曾经听那个年代的人，怀着对一段岁月的缅怀，完整地背出《双城记》里面的这段文字，以至于每次在高速公路上夜奔的时候，车窗外风噪极大，视线的前方，夜幕低垂，白天里遥不可及的地平线，如同百米赛跑的最后冲刺线一样，即刻就要触碰到，那时候心里所浮现的，就是狄更斯的这段文字。

看着他坐在我们面前，快到午夜了，他以双掌用力揉搓面颊，

揉搓眼睛，——那一刻我明白了，他几乎是一个没有倦意的人，那些动作只不过是他的习惯而已，就如同他滔滔不绝的时候习惯闭上眼睛，那几乎就是踏入另一个时空，在那个空间里，他能看见他所要表述的那些事物、那些语言、那些脉络。

提问

这些年来，我们在媒体上看到的总是一个轰轰烈烈的宋卫平，总给人一种壮士断腕的悲壮。在这种悲情色彩的背后，我们想看到一个更趋于理性、更具有前瞻性的绿城。

宋卫平

党的十八大召开以后，广大人民群众追求美好生活的意愿被明确表达出来。人们享受城市文明、追求文明成果、改善生活、享有现代文明的愿望，不是任何人能阻挡和改变得了的。

所有文明的主体、载体、容器，都在城市里面汇集。城市是目前人们享有文明资源和自然资源的最合适的一个状态。

而大学，就是一个城市的基本属性，大学也是一个城市的有机组成部分，是我们理解城市文化，发扬光大这种文化的一个功能。王国平（杭州市前市委书记）写过《城市论》——他说，城市，绝不是一个消费品，而是文明的汇集，是文明发扬光大的一个依托。工业化完成以后，所有人类进步的最重要的成果，绝大部分都是在城市里面完成的。

我想，其实我们绿城目前和将来在做的，就是一座大学要做的事。我这样理解应该是最靠谱的。

我们房产有5000名员工——像我们每年年终的述职报告，有的人讲得好的，他就是老师，就是教授。我们绿城有服务系、景观系、房地产企业管理系，我们相当于一个研究生院，如果说我们绿城普遍招收的大学生都是本科毕业，那么，他们应该再次就读的，是中国城市建设里面的“绿城研究生院”。

绿城应该是大学以后的大学，是“后大学”，是一个人工作过程里面的大学。进了工作单位，很多人以为从此就是告别学校，踏上岗位了，实际上你还在上学，是把工作理解成为另外一种学习形态。

无非，这里面的课程体系不一样而已，无非传统大学里面有奖学金，而我们发工资。可以完全弱化工作与学习之间的界限。这种道理，已经在绿城变得很浅显了，我们已经讲了十几年。无非在中国，真正意识到这一点的企业不多，要走在行列前沿，这个企业才会获得大学的感觉。一个企业的生存基础比较扎实的话，才能慢慢领悟到这些东西。

还有，我们接下来要做的，就是把老年人的退休生活做成另外一种理念的大学，把老年后的生活状态用大学的学习形态来做。

这个“老”字，和农耕生活有关，农耕社会，因为要干的是体力活，干不动了，骨骼肌肉等自然肌能退化以后，“老”就彰显了。这是农耕社会的特点。如果倒过来做，从工业化、信息化时代开始——绿城要做的就是这样的尝试。

我们平常在社会上见到的人，每五个里面，就有一个老人，每个人，要么上面有老人，要么以后自己变成老人，老之将至，这是我们每一个人无法回避的问题。

这个社会，真正需要关心的是孩子和老人。但关心小孩的人太多了，而且他们总会向好的地方去发展。老人相比小孩，他离死亡更近，他改变的可能性更小一点。对一个5岁的孩子来说，他后面还有七八十年的漫长道路，而对于一个60岁的老人来讲，他后面只有20年，所处的环境、受重视的程度，都比不上小孩。

对人类文明的推动、传承、回报，最好的方式就是教育和医疗，最值得当下去做的，就是做老人项目。

那么，能不能从商业的角度来做老人的这件事情呢？我10多年前就开始考虑这个事情，一直下不了决心，因为我知道，最难的一个环节就是护理，就是伺候老人这一关。后来，我们有自己的绿城医院，医院有医生护士，有很多人以护理作为他们生命的意义和价值——这已经成为绿城现有架构中的一部分了，我就有信心了，我想，我们大概是可以开始做养老这件事了。

我们做事总算基本靠谱，我们从联合国老年人宪章、老年人宣言入手去寻找思路——学历史的人总喜欢找到一定的脉络，另外，学过世界史以后，这些年会去寻找世界上做得好的例子，这样，就找到了一种方法论。

在中国，让我们率先做成几个我们所理解的、所设定的比较好的养老生活方式，能够做成的话，这种老年人的生活形态，是可能影响全球的老人的。

幼儿园的普及，在中国最多只有20年的时间，我没读过幼儿园。现在，家长要是不给小孩读幼儿园，跟犯罪差不多，是很内疚的——契合一句很流行的口号，这等于输在起跑线上。相对于幼儿园的这条起跑线，老年人的这条线，应该叫什么？

如果我们不关照老人，老人就有可能输在终点线上。确实，他们已经快走到了人生的终点了。

真的要感谢。

感谢什么呢？就是留下这么一个机会让我们来做养老这件事。

5年之内，中国会出现很多养老机构，但是据我的预计，能做好的不会有很多。

当然我会期待我们做得更好。

一个人，看得见星沉海底，看得见万里之外的雨落河源，明白天地岁月自有其存在法则，那么在世间行走，自然也是心怀坦荡。

寿柏年：看见星沉海底，看见雨落河源

口述 | 寿柏年，撰文 | 韩斌

绿城集团常务副主席兼行政总裁（CEO）寿柏年先生，人称“宋卫平背后的男人”“绿城的压舱石”，万能的百度也表示好奇。

2013年开年，杭城雪后初晴的一个下午，我在绿城集团总部，见到了这位传说中的绿城二号人物。

时间回到1994年。36岁的宋卫平以15万元起家，投身房地产开发，开创了“绿城”——一个日后名动天下的房地产品牌。1998年4月，寿柏年加盟绿城。两人分工明确：宋卫平负责制订绿城的发展策略，以及监督项目规划、设计和市场营销。寿柏年负责绿城的日常业务协调及财务管理。此后十数年，两人并肩作战，被业界称为“黄金搭档”。

“主次要分清。绿城以宋董为主，我是宋董的助手。”这是寿柏年回答我“为什么这么低调”的第一句话。

寿柏年很高大，超过一米八的个头，身姿挺拔。两鬓略微白了。

他的面相，是杭州人所说的“大面堂堂”，有山河浩荡之气。为人很和气，伸过来的手，温厚有力。

就在一周前，绿城集团在杭州举行了2012年度总结表彰大会，宣布截至12月31日12时，绿城集团2012年度销售额547亿元。

500亿，代表着绿城的巅峰时刻。绿城最好的时光是在2009年至2010年两年之间，年度销售额先后突破500亿。2011年，深受宏观调控的影响，销售额大幅回落，且一度生命悬危。几经自救，缓过气来的绿城，销售额再度突破500亿。

与此同时，香港证交所也传来好消息：2012年，内(地)房(产)股绿城涨幅第一。

这些外人看来枯燥的数据，对于寿柏年来说，是充满表情与记忆的——那些惊心动魄的时刻，兵不血刃的商战，那些暗流涌动的险滩，瞬息万变的局面，他们终于一一扛过。

寿柏年与宋卫平是杭州大学历史系77级的同学。读书时候，寿是好学生，功课门门优秀。宋很聪明，兴趣广泛，但成绩不如寿。“我是好学生给坏学生打工。”一句玩笑话，道出了知根知底的老同学之间的熟稔。

作为中国恢复高考后的首批考生，“77级”已经成为一个文化符号，正在挑起国家的大梁。杭大历史系77级很特别，两个班70多名学生，竟然出了10多位地产商，成就了一段前无古人的传奇。

“做企业就是与人打交道，房地产也是给人居住的。我们学历史的，就是见的人多——古人就有那么多了。对于人性，看得比较通透，对于社会变迁的规律，也比较明确。”寿柏年说，历史系学子更善于战略思维，掌握过去、把握现在、规划未来。

随着谈话的深入，我的眼前渐渐出现了一个时代。我看见年轻的寿柏年被艰苦的青春打磨，与时代的风云一起激荡。有些东西被改变了，比如年纪和体重，比如与生活和解的心态：“世事无完美。我们只能在轻重缓急里在有限的时间里，做好最重要的事，达到最主要的目的。”

有些东西则无法改变，比如骨子里的文人气质、血脉里的家国情怀——

“知识分子不应该由职业来界定，而是以他的视野和社会责任感来判定。谁说商人里面没有知识分子?”

“我年纪大了，锐气少了，但是，担当还是有的。个人要有个人的担当，企业要有企业的担当，社会才能渐进。”

窗外，苍茫的城市雪景在一点点暗下来，万家灯火在楼台中一点点升起。此景此情，让人想起李商隐的诗：星沉海底当窗见，雨过河源隔座看。

一个人，看得见星沉海底，看得见万里之外的雨落河源，明白天地岁月自有其存在法则，那么在世间行走，自然也是心怀坦荡。

孔子云：“人不知而不愠，不亦君子乎?”所谓低调，便是对应然之事的一种承诺吧。拿寿柏年自己的话来说，就是：“我们这一代人的观念，（工作）做好，是应该的。”

他的故事，就在这大时代的星沉雨落中，徐徐展开。且听寿柏年的讲述。

1969年，我就在做地产了

/——围海造田，挖山造路，敢叫日月换新天

萧山围垦是我们开创的，我们是第一期，全部是知青。围海造田，修路挖渠，连住房也自己盖——说起来，我那时候就在做地产了。

我后来知道，当时老宋也在兵团。他的工种好，是工业团，在临平地毯厂织地毯，是我们非常向往的工作。

农村八年，最苦恼的是没书可看。能看的，只有马恩列全集。倒也受益匪浅，因为译文的文笔很好，我猜它们都是当时中国最好的人才翻译的。再就是看鲁迅了。一年一次探亲假，每次回家，我就去图书馆看书。看黑格尔，看中国古代诗词文学。那时候书少，

反而看得进去。我记得一部砖头厚的唐宋八大家，我向图书馆借了半年，全部手抄下来。

至今我和宋董都有一个习惯：

/ 对于事物，一定要知道所以然。那是高考前自学数学的“后遗症”

1977年第一次高考，报考的人太多了，最后分成两批，第一次县里初试，第二次省里复试。初试前，我一天也没有请假，照样参加生产劳动。接到复试通知后，我向连里请了假，因为集体宿舍十来人一间，太吵了。我去了萧山衙前中学，我叔叔在那里当校长，学校里清静，可以好好复习，冲刺一下。没想到叔叔全家感冒，他们好心，给我吃了一颗药，说是防感冒的。这个药叫“长效磺胺”，我至今记得。因为我对这个药严重过敏，吃下去，全身都肿了。在镇卫生院躺了3天，治不了，送到县医院，县医院也不敢收，最后送到浙二医院，马上住院。

我身上没带钱，就给农场打电话，请连队给我送钱来。连队来人了，还带来了准考证。考试时间就在后天，他们说，你是肯定没法考了，这准考证，就给你做个纪念吧。

我已经5天没吃饭，人很虚，手脚也肿着，但精神还可以。我说，我要去考试。医生不同意，拗不过我，说，如果出事，你自己负责。

考试在萧山义蓬公社，从萧山过去还有70里路。凌晨两点我就动身了。弟弟从宁波赶来陪我，我们坐51路先到龙翔桥汽车站，换15路到萧山。到了萧山，再转长途汽车去义蓬。

赶到考场门口，考生都在排队进场了。我对弟弟说：“你赶快去供销社，给我买支笔来。”

考了两天，考语文、史地、数学和政治四门。如果是现在这种考法，我肯定考不上。文史地我没问题，数学我只有小学五年级的水平，只会四则运算。我们读初中要么在停课闹革命，要么在学工

学农。准备参加高考时，我到新华书店买了初中和高中的全部8本数学课本。没有老师可以请教，就自己琢磨例题，自己做练习。至今我和老宋都有一个习惯：对于事物，一定要知道所以然。那是高考前自学数学留下的“后遗症”。

第一天考完了，难题来了，晚上住哪里？所有的旅店都已经住满。幸好打听到，有个供销员出差了，他长包的一张床位空了出来。我睡了他的床位，弟弟没地方睡，就先回去了。

第二天下午考政治，1点半考到3点半。我想，我一定要在1个半小时内答完，因为回杭州的末班车是3点，错过了，晚上又没地方睡了。考试很顺利，我提前交了卷，赶上了末班车，回到了浙二医院。

考完了，心也宽了。又住了半个月，才治好出院。

第二年2月下旬发榜，我收到了录取通知书。那年农场3000多人，只考取了我一个。

考上大学，最高兴的是父亲。

/ 父亲是《潜伏》里余则成一样的共产党员，他对我影响最深

父亲是知识分子，读的是省立湘湖师范，那是陶行知先生创办的乡村师范学校。父亲在学校里接触进步思想，共产党员恽逸群（新中国成立后任上海《解放日报》总编）是他的老师。1927年，父亲加入国民党，参加了北伐战争。1927年“四一二”反革命政变，蒋介石清党，父亲毅然加入了共产党。

父亲是诸暨人。诸暨人骨头硬，不怕死。中共建党初期，浙江省的领导人张秋人、宣中华、汪寿华、俞秀松，都是诸暨人。

1930年，父亲被国民党抓去，坐了4年牢。关在杭州小车桥陆军监狱，现在的望湖宾馆。本来判了3年，因为他不肯写“自首书”，又关了1年。

1934年，父亲出狱，一边在上海、宁波教书，一边寻找党组织。1937年抗战开始，父亲想去延安。他是家中长子，爷爷就说自己生病，把他骗回了老家。他索性就在老家搞地下工作了。

做地下党，就像《潜伏》里的余则成一样，压力是很大的。没有信仰，坚持不下去。父亲是一个真正有信仰的人，也因为有信仰，为人正直，才有他后半生的遭遇。

新中国成立后，父亲担任了宁波专署的副专员，分管农业。辖区的每个山头他都爬过了，这里种什么，那里种什么，对工作非常投入。他在宁海创办了一个农场。我舅舅1958年高中毕业，想着姐夫当官，请姐夫帮忙安排工作。父亲说，去农场创业吧。于是，舅舅就在宁海农场干了一辈子。母亲说起此事，就抱怨父亲不近人情。

说他不近人情吧，1959年他被打倒，罪名之一就是“与右派分子亲如兄弟”“包庇右派”。他是敢于仗义执言的。当时他在外地出差，回来才知道自己被开除了党籍。

父亲不服，写了很多申诉材料。到1966年，几乎申诉成功了，“文革”来了。

小时候我常常帮他抄申诉材料。通过抄写材料，我了解了父亲。尽管全家都受到父亲问题的影响，但是我一点也不认为父亲不好。相反，我心里对他有敬意。

赋闲在家，父亲与我倒是有了更多的相处时间。他古文底子好，教我看书。我很小就看文言文版的《天方夜谭》。

父亲认为男孩子应该志在四方，他建议我去东北插队。不过因为大兴安岭靠近边境，而我家庭成分不好，最终没去成。

读大学时，我24岁。老宋20岁。那时候我们都是清瘦的小伙子。当时班里年纪最大的同学30多岁了，家里有3个孩子，现在成名的历史学教授龚国庆，年纪最小，才十几岁。班上年龄最大与最小的，相差14岁。

在班上，我的读书成绩很好，所有功课都是名列前茅。全国人大常委会委员、著名的史前史专家毛昭晰教授说，我是他30年来教过的最好的学生。

读书时，我们都很关心国家大事，有改造社会的雄心。1978年年底，十一届三中全会召开，对“文革”进行反思。社会风气空前活跃，同学少年一腔热血，自己掏钱办社团、办学生刊物。1979年5月，历史系和政治系的学生合办了一本刊物:《思考》。我被推举当历史系的编委，老宋也参加了这份刊物的编撰。

我为这份刊物写过两篇文章。一篇探讨康梁戊戌变法。那时的观念是，革命与改良不同，革命是用暴力手段推翻旧阶级，是先进的，改良是旧体制内的改变，是落后的。但我认为，中国社会要走改良、渐进的道路，才符合中国社会的实际情况。这篇文章，后来被评上了优秀论文。

我本来可以留校当老师的，历史系三个教研室的留校名单里都有我，最后被分到鄞县当老师。一起办刊的同学，分配都不太好。

历史系为什么“不务正业”，出来做地产的那么多？一个原因，是历史系的出路不太多，另一个原因，也与我们的“思考”有关。

从学校到教育局，从县政府到市政府，我在机关待了8年。

2002年绿城运动会（右起宋卫平、寿柏年）

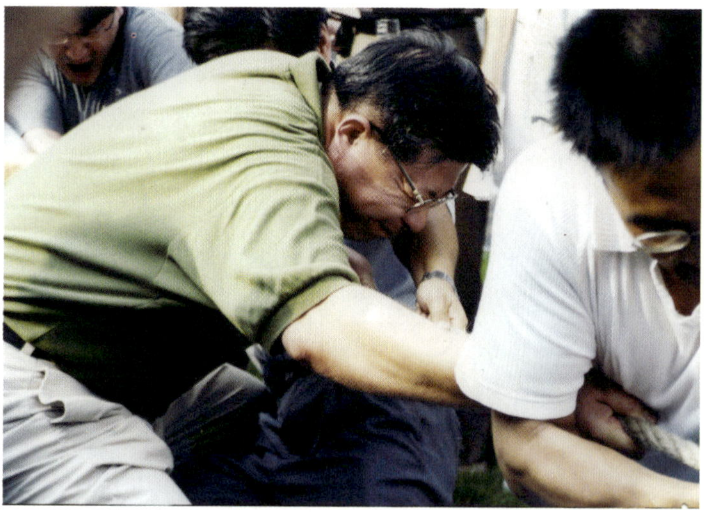

2002年运动会拔河

1991年，我下海了，到华能集团浙江分公司工作。当时我在宁波市政府办公厅做主任助理。我想，人这一生，总要使自己的经历丰富些，才算不白过。

1992年2月，小平发表南行讲话，改革开放的大潮势不可挡。

我在华能公司待了7年，其间有一家公司来请我。但是当时华能有一笔期货亏损，公司陷入了困境。华能最好的时候我在，它出了事，我不能一走了之。所以我又待了两三年。一直到它平稳了，我想我可以出来了。

1998年，同学们都在做房地产，老宋和周庆治都来叫我。周庆治是南都房产的董事长，他已请了我好几年。当时的南都公司强大，人才济济。和南都比，绿城的资金实力、公司规模都要小一点。这时候路虹已经去了钱塘，绿城只有老宋一人，很辛苦，我想他更需要我。我们谈了几个晚上，他的人品、为人，我很相信，我们俩在学校时关系就挺好的。他总说，我给他的毕业留言是“大事做不了，小事不肯做”，所以他受刺激了，要发奋图强。我说过这话？没印象啊。不过读书时候，我倒没觉得他怎么样，那时候他还小嘛。只觉得他人很聪明，不受一般世俗的拘束。直到加入绿城，我才对他有了发自心底的佩服：没有老宋，就没有绿城。我是自觉、自愿地当他的助手。

我这个人，每份工作，超过8年就换个地方。但在绿城，我已经工作了14年，是我的最后一站了。看到我们盖了这么多这么好的房子，得到了客户的认同，公司的利润在转化为漂亮的学校、医院，内心有成就感。老宋的理想，都在实现——造房子不只是为了企业赢利，最终目的，还是要搭建一个回报社会的平台。我深深认同这个观念，因为，我们受到的人文主义教育是一样的，我们都认为，做人也好，做企业也好，都要有社会责任感，要有一份道义上的担当。

绿城最宽松的年份是2009年，销售500多个亿。但买地也花了500个亿，所以总是感到钱不够。

绿城上市，对公司是一个很大的转折，一上市，就拿了30多亿资金回来。

上市很辛苦。别的公司或许会用一支专业的团队来做上市，我们就是公司自己的团队，一边做一边学，学习法律、金融、资本市场的知识。

2006年6月，我一个从来没有接触过资本市场的人，要去做“路演”，去说服投资人。但就在这时候，我们的承销商摩根大通的亚太区主席亲自飞来，说是市场不好，劝我们暂缓上市。

原来就在两周前，拥有上海新天地的瑞安集团想在香港上市，因为路演失败，只得退出。它的承销商也是摩根大通。

摩根大通说，如果我们一定要上，股票“只能贱卖”。

这是大事，我请宋董来定夺。他说，你先去，到最后再定。

这一路，走了美国、英国、新加坡等国家，去见各方投资人，推销绿城。那两个星期，几乎每天只能睡几个小时，在飞机上睡。

7月，“绿城中国”以7.5倍的市盈率，正式挂牌上市。

宋董对我说，听说一路很辛苦。

我说，还好。就是国外不能随便抽烟，痛苦。

绿城上市，开通了融资渠道，也对企业产生了更多制约：要对股东尽义务，财务要公开，经营要更规范。2006年10月，我们发行了4亿美元、7年期的债券，它有很多约束条款，包括公司的负债率、与其他企业的合作规模等。2008年，世界金融危机爆发，国内宏观调控加强。我们的负债率很高，和其他企业的合作规模也扩大了。2009年初要做年报时，财务总监发现，我们可能触犯了条款。

如果25%的债券投资人联合起来，就可以要求我们提前归还4亿美金的债券。即使没有25%的债权人主张权利，但如果我们没有解决的方案，会计师也会对公司的可持续发展提出保留意见，在资本市场，这就相当于信誉破产。

要还钱，还不能用借来的钱还。而且在2009年4月20日之前，我一定要处理好这件事，因为年报公布时，我们必须主动回购投资人手中的债券。

怎么办?

后来发生的事情，现在大家都知道了。我们找了中国工商银行总行和中海信托，以阶段性转让绿城·杭州蓝色钱江股权的办法，达成了一个20亿元的筹资方案。随后，与九龙仓谈成了以上海新江湾项目股权置换其在蓝色钱江的股权。其间几经周转，障碍重重，真的很难。但是到最后一刻，还是解决了。

等到媒体开始报道“绿城生死七天”的时候，我已经不担心了。筹钱、换股，最困难的时刻已经过去了。

九龙仓吴光正主席后来专门给宋董写了一封信，很佩服我们的高效率。

资本市场对我们也有很高的评价，说我们是守信用的公司。

2011年9月，绿城经历了所谓的“调查门”事件。

当时有传言说，海南航空30个亿收购了绿城。这种流言的出现，迎合了人们对于“宏观调控下最有可能倒下的房地产企业”的猜测。周五放出来的风，周一全国媒体都转载了。

我们进行了辟谣，但事态还在发酵。银监局信托处在内网上给各省市银监局包括直属信托公司发函，想了解绿城到底有多少信托融资。我得知此事，感到紧张。我给银监局一位领导发短信：我们所做的合规合法，相信经得起检查，但是担心此举经媒体渲染，会对我们造成伤害。领导安慰说，做法确实不妥，但只是例行调查。

到星期四，英国路透社发布消息，说绿城陷入了“调查门”。此前我已经布置下去，一旦媒体报道，我们的回复是：一、本公司没有收到任何调查通知；二、本公司目前所有信托贷款均经报批，合规合法；三、本公司营运正常。当天晚上，这三条回复就挂在绿城官网上。

但是第二天，连锁反应还是出现了。内地和香港房地产股票大跌，市值跌了两千多个亿。香港证监会打电话来，要求我们披露信息。

我们和路透社交涉，我晚上9点接受他们的电话采访，进行澄清。银监会也作了必要的解释，公司也在杭州开了新闻发布会。事态算是平息了。

但是造成的后果是，当时所有的信托公司都对绿城的融资止步、观望。那个月，我们本来有一单16个亿的信托，也被停了。

我心态比较好，大概和我做过8年农民有关

/ 农民的生活态度是，有耕耘，就一定会有收获

这么多年来，绿城的银行贷款没有逾期过一天，维持了非常好的信用。所以危机时刻，银行虽然也担忧，但没有来提前收贷款，有的还特地给予支持，这对我们就是雪中送炭了。绿城也是税务部门的重点检查单位，在这方面，我们遵纪守法，一年要上交税收50多亿，超过利润。我们也做了很多保障房的建设，还投资了学校、医院。绿城能够渡过难关，归结于企业形象好、员工很努力、各界也帮忙。

借钱、还钱、资金调度，很累。可是把工作做好，是应该的。另外，我的心态比较好。我不像宋董，他是完美主义者，我很赞赏这种境界，但是我达不到。历史经验告诉我们，世事无完美。

这大概与我做过8年的农民有关。农民的生活态度是，有耕耘，就一定会有收获。但是，耕田要看天吃饭，遇到自然灾害，也只有忍了。

老宋是织地毯的，讲究经纬度，讲究精致完美，呵呵。所以他经常处于理想与现实的焦虑之中。

原定两个小时的采访，不知不觉中就延长到了3个小时、4个小时……谈起过去的时光，谈起飞扬的青春岁月，寿柏年的脸上浮现出淡淡的、愉悦的笑容。

采访前，听许多人说起他，他们的脸上也出现了这样愉悦的笑

2006年7月13日，绿城中国控股有限公司(HK3900)在香港联交所挂牌上市

意。“寿总很和蔼的。”“项目经理们见到寿总，像见到老大哥，有什么烦心事，都愿意和他谈一谈。”“别人的‘年’，就是寿总的‘关’，但是，从来没见过寿总着急发怒的样子。”还有人说，“寿总啊，烟瘾很大的”。不过，4个小时的采访里，他却很克制，几次伸向烟盒，又停住了。

熟悉他的人们用温暖的词语形容着他，他好像一枚定海神针，稳定着绿城的大后方。

想起教育家黄炎培先生一段著名的课子铭，用来形容眼前这位高大而低调的长者，最合适不过了：“事繁勿慌，事闲勿荒。有言必信，无欲则刚。和若春风，肃若秋霜。取象于钱，外圆内方。”

他是有言必信的，他是和若春风的，同时，他也是有着坚定的风骨的。

如今，长年高强度的工作节奏让寿柏年感到了“心累”，他开

2012年8月27日，香港万豪酒店，绿城中国控股有限公司2012年中期业绩公布（右为董事会秘书、集团副总经理冯征）

始想象退休后的生活了。可是时代的车轮滚滚向前，每个人都是这列飞速高铁上的乘客，有些责任，不得不担。就像他自己的感慨："我们对于物质已经没有奢求，我们已经超越了为自己打工的境界。"

从一个人和一个企业的际遇里，我们看到，从来没有一个时代有如此之多的困难，同时，有如此之多的希望。

提问

这两年，你最大的变化是什么？

寿柏年

年纪大了，力不从心，觉得累了。我快60岁了，要退休了。英国前首相撒切尔夫人60岁退休，她说，生命从60岁开始。我以前是公司人、社会人，60岁以后，想给自己一个交待，做点自己喜欢的事情，比如看书、旅游。有一件事，我一直想做，一直没有做成：做一个房地产基金。中国的房地产商，靠自我积累的路发展，肯定行不通。哪怕你有50个亿的利润，又能买几块地？要善于利用社会资金来融资。

提问

如果不做这一行，你觉得自己会从事什么职业?

寿柏年

我还是适合做大学教授。我相信自己在文史领域能有所建树。做商人已是想不到的，我更是做梦也没想到，我会与钱打交道，不断借钱、还钱，这肯定不是我喜欢的。但是绿城总要有人去管这个岗位。

提问

最近在看什么书?

寿柏年

我喜欢看政治书、历史书。最近在看《巴菲特写给股东的信》。巴菲特每年要给股东写一封信，里面有许多道理。另外在看《读史求实：中国现代史读史札记》，著名的史学专家杨奎松写的。我对中国近现代史还是很喜欢，大学毕业时就想重写一部中国近代史，如果那时候写，我一定成名了(笑)。

提问

平时运动吗？喜欢什么样的运动?

寿柏年

年轻时爱游泳，会一口气渡过甬江。现在不行，没有时间。到底运动好，还是不运动好？这个问题不能绝对地看。不是有个乌龟原理嘛，生命在于不动。我觉得，长寿未必就是好事情，生活质量高，才好。

当下的中国民企，正处在交接时代。“二代”如何接班，备受关注。“父辈开创的事业像是一座高山，我们攀上了山顶，只是意味着完成了守业，我们心中还有没有更高的山峰？”传承与开拓，作为接班人的屠红燕，同样面临这样的问题。

屠红燕：如水般柔软，像丝绸一样坚韧

撰文 | 朱青、王浩

一面对镜头，屠红燕下意识地改变了坐姿，那一点忙里偷闲的松弛被迅速收起来：她不再靠着椅背，稍稍转了一下身，正面朝前，身体更加直挺。

“要选个位置拍照吗？这样是不是太随意了？”她扫了一眼办公桌上满满堆着的文件和书籍，张望着室内光线和景致更好的角落。

这是当日安排的最后一场专访，她倦意明显。一整天行程里，早八点到下午四点，她接待了五家媒体的采访，中间没有休息时间。

我们的采访中，她没有改变坐姿，略略前倾，始终微笑着与我们交谈。语速轻快，保持着一种略高扬的声调，偶尔配合一些手势，以及英文单词来表达强烈的感受。这种职业化的姿态，与许多本土企业家有所差异——他们似乎更乐于表现自己的随意，不拘小节，屠红燕显现的则更像是一个有海外背景的外企高级管理层，现代化、利落而分明。

当下的中国民企，正处在交接时代。“二代”如何接班，备受关注。“父辈开创的事业像是一座高山，我们攀上了山顶，只是意味着完成了守业，我们心中还有没有更高的山峰?”传承与开拓，作为接班人的屠红燕，同样面临这样的问题。

穿越于传统与时尚之间

几乎在所有公开场合，屠红燕都用一种精致和从容的造型现身。屠红燕很会着装搭配。全身上下，必然有几处丝绸制品搭配，采访这天，她穿着自家品牌设计的黑色对襟立领中式长褂，下摆镶有金色波浪图纹，搭配一件 Max Mara 的经典款灰色大衣。

谈到时尚和购物，屠红燕说自己喜爱购置包包和鞋子，家里有上百件各个品牌的包袋与高跟鞋，每趟出国总要买一些新款，她最近在用的是一个大象灰的爱马仕基本款手袋，因为“够大，实用，可以放进 iPad、两台手机和书籍资料，还有少不了的化妆包，出差随时可以提着出发”。她最喜欢的设计师是三宅一生，她觉得日本设计精致，三宅一生又独具个性，“每个人穿三宅一生都可以穿出自己的气质”。

每年好几趟去国外各地出差，屠红燕去巴黎、米兰这样的时尚之都朝圣，观摩学习一线品牌的工艺流程和文化展览。“有时候就是在街头看往来行人，感受他们对时尚的运用，感受一种生活化的细节。”

“在很多年轻人的印象里，丝绸贵、难打理，这是妈妈辈使用的东西，所以我常琢磨为什么国外年轻消费者能够接受百年老品牌，而我们很少能接受，那么，我们应该怎样去传承。”

与母亲沈爱琴“一生只穿丝绸”的鲜明代言不同，屠红燕的时尚观显然更国际化，也更懂得创新与融合：在日本、欧洲的多年游历，让她对时尚和工艺有更深刻的追求，在她看来做丝绸不仅只是制造一种产品，更应该传达蕴含其中的历史和文化。

她不讳言对国际顶级品牌爱马仕的热爱，对其每一季的新设计尤为关注。屠红燕欣赏的是爱马仕做品牌的理念："我们能和爱马仕做品质一模一样的丝巾，如果价格一样，消费者肯定选爱马仕而不是万事利，为什么？因为人家有150多年的历史，消费者买的是一种历史和积淀。"

修复消费者对丝绸的认识断层

屠红燕执掌万事利10余年间，丝绸品牌的版图被一再扩大：2013年，万事利完成了对法国丝绸企业马克·罗茜（MARC ROZIER）的收购，这家1890就诞生在法国丝绸工业中心里昂的百年企业，正是全球40多个一线奢侈品牌的代工厂。

这次收购，是万事利丝绸品牌走向国际化的一个里程碑，"万事利为国外知名品牌做了十几年的代工，现在，世界最顶级的丝绸企业将为万事利提供高品质的丝绸代工服务，中国丝绸法国制造成为现实"。屠红燕说："过去我们的传统制造业主要依靠外贸，99%的企业都在做国外品牌的代工订单，现在我们自己打造品牌，让国外企业帮我们做加工，这是一个重大的转变。"

这种转变折射着国内丝绸企业的生存业态：丝绸是浙江的优势传统产业，名列全国出口第一，而近年来浙江丝绸中低端产品同质化竞争的现象严重，众多丝企处在成本高、效益低、风险高的困境中，2009年以来，杭、嘉、湖、绍等地大批丝绸企业纷纷出现生存危机。

"不仅是丝绸企业，依靠出口的加工制造型企业净利润不到5%，很多企业都在微利线上挣扎，甚至出现亏损"，屠红燕将万事利始终保持行业最高水平的利润成绩归结于"转型升级"战略。

这几年间，万事利不断降低单纯面料加工、贴牌产品的比重，将丝绸板块业务定位为个性化、定制化的服务，大幅降低外销比例。转向设计能力和渠道建设，要求更高的内销业务，集中精力来打造一代有传承的意识，二代有肩负重担的责任，在此过程中，新旧观念的碰撞与融合是两代人共同的问题。一代靠强势和人格魅力执掌企业，而屠红燕更倾向于以现代管理模式和团队协作来规范企业。

万事利的高端丝绸品牌。

屠红燕时代的万事利，推崇的是“做减法”的经营理念。“以前，很多人都知道万事利是个大企业，但是万事利有什么叫得响的产品？没有。但我希望我可以做一个出来，一个中国最好的丝绸品牌。”

屠红燕深谙中国丝绸品牌发展之道，“中国企业只有具备了国际化视野，再融入中国传统文化、世界一流设计、高端制造品质等元素，才能做出与众不同的产品，这才是属于中国走出去的世界品牌”。由此，屠红燕亲自操刀推出了一个面向高端零售市场的全新品牌——万事利凤凰之家。“凤凰之家”以凤凰作为品牌图案，由万事利团队主打，加入法国、香港等知名设计师力量，将中国传统的丝绸美学与国际化的时尚元素结合。风靡一时的G20峰会元首夫人官方纪念礼“吉光凤羽”正是出自该品牌设计。

二代与一代的互补关系

在万事利集团副总裁孙有毅眼里，工作中的屠红燕大气、果敢、有魄力，承继了母亲沈爱琴最鲜明的优点。万事利传承了老工艺作坊演变而来的规矩，手艺有承继，进门认师傅，按照排行，屠红燕得喊孙有毅一声师兄。

这个在万事利工作了25个年头，成为两代掌门人左膀右臂的“老万事利人”对屠红燕初任公司管理层的表现印象深刻：

当时，屠红燕接来一个国际品牌的大单，要求在一个月内代工几十万套运动服，按照当时的生产能力，这个任务极为紧迫，同时标准高，“运动服两侧的车线必须绷得一样齐整”。屠红燕身兼多职，亲自上阵，在车间盯着生产流程，时不时指导车位上的工人将线拉得紧一些；对车间主管做思想动员，讲一些国外工厂的生产观念来鼓动大家的干劲；又调动管理公司的青年人来工厂帮忙包装、装箱、运输，最后顺利完成新客户的单子。

“她在日本企业基层锻炼过，有一种严谨的理念，当时我们的工人们不大懂得，她一点点讲，鼓励大家，上上下下团结得很好。”时任制衣工厂的生产主管郑玉英回忆道。

在许多万事利员工的眼里，老板沈爱琴个人风格明显，是一个领袖般的灵魂人物，用影响力带动企业发展，而新掌门人屠红燕则更推崇现代企业的发展理念，注重团队培养和专业人才管理。

“我的母亲是一个非常强势的人，她做的决定，基本上没有人能改变。”屠红燕理解母亲作为企业家的表现，除了性格使然，在那样一个产业初兴的年代，他们靠自己的勤奋与胆识开疆拓宇，一种集权的选择也许更能从千头万绪的事情里找准方向。

“我母亲是第一代企业家，企业是她带头创办的，所有人都听她的，他们就是那种观念。”屠红燕认为这一代的企业家更理性与慎重，“因为整个行业的环境震荡，形势在变，市场在变，消费群体在更新，必须要用一种新的理念去管理企业，要博采众长，多听专业人才的建议，毕竟他们才是专家。”

她的愿景是将万事利打造成一个人才集聚的平台，高效、稳定地运行：培养团队、建立制度，而不是单纯的家族式更替。目前，万事利给专业人才行业内中上水准的薪酬待遇，每年依据贡献度提供平均15%以上的薪水增幅，随机受访的员工大多表示，在万事利工作很舒心，“收入之外也很注重企业给予的氛围”。

在母亲沈爱琴所创建的万事利时代，企业以生产丝绸面料、给外商做订单赚取低廉加工费为主，“革命式的创业激情”和“政治家式的企业家”，那基本上是第一代浙商的成功模式。而当下是一个新的时代，产业格局瞬息万变，竞争环境更为清晰、透明、规范，注重团队精神，更注重创新，这需要“更新的力量，更多的坚持”。

不只做百亿企业，更要做百年企业。这是万事利的目标，也是屠红燕的信念。

关于生活

提问

您最近在读的一本书是?

屠红燕

最近在读陈东升的《战略思维》，前两天刚刚在机场买的。陈东升1992年辞职创业，做了嘉德拍卖、宅急送、泰康人寿这三家企业，发展非常快，这么多年，这三家企业在不同的行业和领域都很有成绩，我觉得他是一个很了不起的企业家。

提问

平时关注哪一类书籍?

屠红燕

我喜欢读名人传记。有一部印象很深刻，谢丽尔的《向前一步》，她是FACEBOOK的高管，在家庭和事业之间取得很好的平衡，我觉得这是现代女性应该学习和做到的。

提问

如何保持身材?

屠红燕

去年到现在瘦了很多。可能是出差比较多，以前国内转，现在都是全球出差，我们去年收购了一家法国企业，一年光欧洲就去了四次，奔波比较辛苦。还有各种会议也很多。

提问

还有什么其他保养秘诀? 比如运动?

屠红燕

我平时就是走路。每周六固定项目，“万事利健康西湖行”，带领我们的中高层团队早上到西湖边快走锻炼。最近，同事叫我一起打羽毛球，我刚参加了几次。

提问

您最珍视的三件事物是什么？

屠红燕

健康，没有健康的身体一切都是空的。还有家庭、事业。

提问

您把家庭放在事业之前？

屠红燕

对，我很重视家庭生活，父母、兄弟姐妹，包括我自己的小家，这是最重要的。我觉得只要健康，有和谐的家庭，事业一定会做得好。

提问

平时陪家人的时间多吗？

屠红燕

非常忙，经常出差。我尽量多陪我的女儿，想给她更多共处的时间。我女儿说："妈妈现在你抽点时间多陪我，以后你老了我也会多陪你的。"我现在每天早上叫她起床，一家人一起吃早餐，然后一起出门；有时候回家晚了，女儿也会等我回去陪她洗澡、聊天。周末的时间也尽量多留给家人。

关于新事物

提问

如何看待互联网时代营销模式的变革？

屠红燕

必须要跟上这股潮流。万事利推出了一个"中国好丝绸"的手机端 APP，短短两年时间，粉丝已经超过十万。丝绸是个小众产业，要让年轻消费群体了解这个事物，就要从他们最熟悉的渠道和最关注的方式入手。作为企业应该有这样一个平台，让消费者知道传统企业不传统。我们也尝试了包括天猫、京东在内的一些电商平台，需要补充更专业的渠道人才，目前还在摸索中。

提问

更容易接受新事物是不是年轻企业家的优势？

屠红燕

这不仅是优势的问题，这是必须要接受的现实。企业要勇于尝试新的商业模式，要懂消费层圈子在干什么。现在做企业，不懂大数据网络时代，非常难。

提问

听说，万事利要将丝绸产品推广到网游领域？

屠红燕

前段时间，万事利与热门网游《剑侠》合作了一把。通过网游平台，3000件丝绸纪念品一秒钟售罄，这对于我们来讲，无疑是一种启发。丝绸在传统概念里是老年人或者服务行业会用的产品，不高档也不时尚，现在我们面对的集中消费群体都是80后、90后，要了解这部分人的消费心态，要创新、要改变、要用现代思维，让他们知道丝绸是做什么的。年轻人喜欢游戏，我们就要去了解这种心态，为什么喜欢游戏，有哪些可以发展的机会，要去迎合消费群体，做与他们最接近的渠道。

提问

这种对丝绸原有形象的打破是好事吗？

屠红燕

当然。我们要迎合不同的消费者，拓展产品线。各种新的行业都要看看丝绸有没有机会去融合，比如我们现在用丝绸做家装，和艺术家合作，把书画做成丝巾，都是一种新的尝试。我们还与黄金、陶瓷、茶叶等产业跨界合作，我们要把丝绸不仅仅做成一个产品，而要打造成表现文化的载体和形式，这种融合会提升丝绸产品的附加值和含金量。

关于传承

提问

怎么看待与您母亲这代企业家的区别？

屠红燕

差别是一定有的，这是年代、环境、市场、受教育程度等因素不同而决定的。他们这一代经历很艰辛的创业，非常脚踏实地，敢闯敢拼，这是我们从老一辈身上最需要学习的精神。我们这一代更理性一点，考虑的问题更多，有时候会错失一些机会，有时候也能避免一点损失。现在做企业更需要创新，竞争是透明的，也越来越激烈，混沌的时代抓住机遇攫取市场份额是可能的，但现在你也许只比同行好一点点，一不小心就被追上了。

提问

出任管理层到现在最困难的是什么时候？

屠红燕

2006年的时候，刚刚从子公司进入集团。当时企业压力很大，一些投的项目没有产出，缺资金和人才，我母亲要多元发展，我认为风险很大。

提问

怎么处理冲突？

屠红燕

会有矛盾，会争执，这都很正常。当时她是老板，我讲完我的意见，最后还是要听她的（笑）。

提问

接班第一件事做什么？

屠红燕

做减法，不赚钱的项目砍掉卖掉。我当时提出，万事利必须要做好丝绸，做企业有品牌，才能持续发展，这个是核心竞争力。

提问

人事上有压力吗？

屠红燕

当时和我母亲一直创业的元老们都是看着我长大的，现在有些退休了，有些能够跟得上企业发展的还在任职，会给他们相应的股份。我对万事利的要求是，必须要建立现代企业管理制度，一定要摆脱家族产业的模式。我们有董事会、股东会、经营班子、股权激励，把这些都搭建起来，企业一定要规范化、信息化。

提问

如何评价沈总？

屠红燕

我母亲啊，当然她是一个优秀的创业者，不过她是半个企业家，半个政治家。

提问

接班到现在，给自己怎么打分？

屠红燕

我有一定的进步，但我没有母亲那么投入，她把万事利融于生命，我把事业当作我生活的一部分，我更追求快乐工作，健康生活。

提问

会期待女儿接班吗？

屠红燕

女儿现在还小，一切顺其自然。对于一个从事丝绸行业的家族来说，希望一代代传承，希望家族里能够培养真心热爱这个行业的人。

他们是芭蕾舞台上的默契舞伴。

他们是人生之路上的幸福伉俪。

他们是新中国第一代芭蕾舞剧演员，跳了一辈子舞，为中国芭蕾舞剧史留下无数光彩照人的艺术形象。

两颗挚爱芭蕾的心灵，从未停止过对理想的追寻。

万琪武、陆卫苏：足尖上的人生

口述 | 万琪武，撰文 | 周华诚

他们是芭蕾舞台上的默契舞伴。

他们是人生之路上的幸福伉俪。

他们是新中国第一代芭蕾舞剧演员，跳了一辈子舞，为中国芭蕾舞剧史留下无数光彩照人的艺术形象。

他俩一位74岁，一位70岁。两颗挚爱芭蕾的心灵，从未停止过对理想的追寻。

他叫万琪武，中央芭蕾舞团国家一级演员，享受国务院特殊津贴的专家。他因成功塑造了《红色娘子军》里的恶奴老四形象，被广大中国观众所铭记。

她叫陆卫苏，中央芭蕾舞团国家二级演员。她跳了一辈子芭蕾，如今退休了，依然对芭蕾充满热情。

他们如今住在绿城乌镇雅园，安享幸福而平静的晚年生活。

我们有幸采访了他们。在老人的讲述中，关于芭蕾的那些往事穿透半个世纪的烟霭，栩栩如生地展现在我们面前……

那时候男孩子没人跳舞，扭扭捏捏的，很丢人

我是1955年进的北京舞蹈学校。阴差阳错也好，机缘巧合也罢。

那时候，咱们中国一穷二白，根本没有芭蕾舞团。周恩来总理知道了，就指示，一定要把咱们中国的芭蕾舞团建起来。

1954年，苏联专家来了，帮中国建舞蹈学校，从全国各个歌舞团找人。找人干什么，经过短期培训以后，当老师。只用了半年多，1954年9月，北京舞校就可以招生了。

那年，舞蹈学校的一个班没招齐学生，男生还缺三四个。那就到普通中学来招生。那时我在北京31中，到北京的山东人很多在那儿上学。他们来那儿招人，是觉得山东人嘛，高、壮，就去找找看。

苏联专家来了，老师让我们一班人到礼堂去。当时招30个人。15个男生，15个女生。为什么招不齐？因为那时候男孩子，没人跳舞。男孩子跳舞，扭扭捏捏的，那多难看，很丢人。同学们也会觉得你没出息。而且，我也不爱好跳舞。芭蕾舞，我听都没听说过。同学们说

是跳“玻璃舞”，多好笑。

到了礼堂一看，好家伙，满礼堂都是孩子。苏联专家六十来岁，一个个地挑人。我属于条件最差的一个，腿掰到90度就不能再往上了。专家掰了一下，把我晾一边了。我觉得没戏。

专家挑了几个人，最后，让大家跳，使劲儿跳，能跳多高跳多高。

我那时爱打篮球，一跳，我跳得比他们都高。于是苏联专家又过来，再掰我的腿，认为我的腰和腿虽然硬了一点，但胯还算开，弹跳出众，这才收了我。那年我14岁。

芭蕾舞的训练极其艰难，一个班能出两个尖子就值了

那时候大家的理想，都是当工程师、飞行员。哪怕是当个司机，也比跳舞的强。但是，进舞蹈学校，管吃，管住，生活有保障。考虑到家庭条件比较困难，我还是决定去了。

我生在陕西汉中，在汉口长大。我3岁多父亲就去世了，当时他44岁，突发脑溢血。从此以后，我家生活很艰辛，母亲没工作，

两个姐姐工作了，就靠姐姐养家。我14岁时，姐姐、姐夫调到北京工作，我和我妈一起跟着到了北京。

我的条件不足，一进来就知道差距了。人家一抬腿至少90度以上，我抬腿都很吃力。在校六年，我每天晚上都要给自己“加餐”。压腿、掰腿、下叉，跳蹦，都要比规定的多来一遍。那时我就知道了，芭蕾舞的训练，极其艰难，一个班能出两个尖子，这个班就值了。

到了三年级，要选十个男孩十个女孩去苏联留学。我没选上，这给我刺激特别大。我知道了，必须得练，必须狠狠练。

到了六年级，才算是真正出来了。

古雪夫亲自给我排了一个星期的戏，每天一个半小时

六年级时，我参加了芭蕾舞剧《海盗》的排演。

这部剧里担任主要演员的都是我们的老师。当时，苏联专家觉得我在学生中相对成熟，就安排我演一个军官，押着男主角康拉德，把他绑在柱子上。一个小角色，大概只有三分钟。一拉幕，女二号上场，向军官求情，让女一号去见男主角，军官一摆手，不行。她想了想，把项链摘下来，贿赂军官，这是心理戏。我拿着项链，先看看周围，有没有人；接着回头，把项链拿到灯光下好好看；然后眼睛一动，去吧！让她去见男主角。

专家古雪夫是俄罗斯功勋艺术家，他当时看了什么都没说，过了两天，带着翻译找到我说：“礼拜一给你排戏，你想一想，比尔·班托的戏。”

我很奇怪，比尔·班托，二号海盗王，是老师的戏。每个角色都有A角、B角。原来，B角那位老师身体不好，15分钟的戏都撑不下来，专家没办法，让我替。

比尔·班托是个野心十足的人物。古雪夫亲自给我排了一个星期的戏，每天一个半小时。排戏时，他没有一点专家的架子，很细致地教我，要如何掌握人物心理，并通过动作去表现角色性格。

那一个星期，我受益匪浅。比方说，我拿着刀冲过去，一转身，专家把我给摔出去了。他跟我说："你不能光有力量，你还得有心理的力量。那种狠劲，不是在表面上，而是在心里。"

印象很深哪。那时我只有19岁，就把比尔·班托这个角色演起来了。学生里头，我是第一个演这种戏剧性角色的学生。

1961年，《海盗》公演，卖票，在天桥剧场，那是专门演芭蕾舞的剧场，1959年庆祝建国十周年，为莫斯科大剧院来华演出，按国外的标准专门建的。

演了海盗，我的表演风格也被固定了，说我特别适合演反派。所以后来排《红色娘子军》，我就毫无意外地演老四。

1961年我从北京舞蹈学校毕业，分配到北京舞校实验芭蕾舞剧团，也就是中央芭蕾舞团的前身。

排芭蕾舞剧《红色娘子军》，我去天桥看摔跤手

怎么会排芭蕾舞剧《红色娘子军》的，说来有一段故事。

"帝王将相部""才子佳人部"，是毛泽东在1963年11月对当时文化部的批评。后来周恩来总理说，我们能不能演演革命题材，演我们自己的、民族的舞剧。

50年代，日本松山芭蕾舞团把中国的白毛女搬上了舞台。这对我们刺激很大。

导演组跟文化部讨论决定，改编当时已经深入人心的电影《红色娘子军》。后来，《红色娘子军》成了中国芭蕾的经典。

为了演好恶奴老四的角色，我费了很大工夫去揣摩。老四是那种粗陋的、土的形象，我就先看京剧，再去天桥看摔跤手。

我拿个小板凳，在边上坐半天，看他们怎么出场，怎么用劲，这对我启发很大。我揣摩他们摔跤时的那种蛮劲，把它揉进角色里。我设计的“老四”，走路时身体力度往下压，走一步能踩出一个坑；眼神也要狠，让别人看得心里发怵。呶，这就是一个中国恶霸家养的恶奴。

1964年9月，新中国第一部现代芭蕾舞剧《红色娘子军》演出，一群穿短裤、足尖鞋、舞刀弄枪的女兵走上舞台，拿着刀枪的足尖舞，马上就轰动了。

“老四老四，你为什么不演洪常青？”

后来北影厂拍芭蕾舞剧《红色娘子军》的电影，是江青主要负责的。她每次来看，大家都为她一个人演。她要审查，很仔细。

一个多月，看了改，改了看。每次演完以后，她要到后台开会。主要演员、导演、领导都在。有一次她说，老四跳得这么高，舞段又这么多，洪常青跳什么啊。洪常青就在就义前跳了一段正经舞蹈，前面都没怎么跳。

为什么老四的舞段多？原剧有四个反派，土匪、账房先生、护院团丁、老四，改编后集中到一个人身上，我一个人要演四个人，戏份就多了。打的时候我得出头，迎接宾客我要迎来送往。怎么办，江青说了，那就删。也不能跳那么高，老四满台飞，洪常青没办法跳啊。

老四这个人物，我演得用心，也就比较出彩。比如服装，我要一个镶金的腰带，腰上扎一块铁板，这个人马上抬起来了。抽鞭子不能假抽，要抽响。还有头发、大金牙，都我自己设计。后来外国

的芭蕾舞团来交流，看完戏，都来后台找我。我说，别找我，他（指洪常青）才是主角。

拍完电影又开会，江青说："老四老四，过来过来，你为什么不演洪常青？"

我不好说啊。就说，我政治思想觉悟还没那么高，体会没有那么深刻，还得多学习。

江青说："不行，下周看你的洪常青。"

洪常青的主演是刘庆棠，我跟他关系很微妙啊。因为演洪常青，他被江青赏识，后来当文化部副部长。后来"四人帮"垮了，他也垮了，下场不好。唉，他去世好多年了。

"完了完了，老万找死了"

1975年演《草原儿女》。这次演书记，是个正面人物。

也是革命戏。草原小姐妹，原本是在暴风雪里护羊，剧中设定一个坏人搞破坏，小姐妹和书记一起，跟坏人做斗争。

这个剧演了一段时间，要拍电影。

这时候，刘庆棠已经是文化部副部长，他披着军大衣，到团里来审查。我正演着，他喊："停停停！你那个套马杆子，要那么一下。"他坐着比画了一下。当时刘庆棠跟江青代理人似的，没人敢当面顶撞他。我们谁是谁，大家都是一起跳舞的，你这样有什么意思。当时我在台上说了，"哎呀！庆棠老师，我看不见，太远了。你能上来比画一下吗？"

当时刘庆棠没说话。站在台侧的一个演员就说："完了完了，老万找死了。"

果真，临拍电影前夕，把我换下来了。他的一个理由是，老万鼻子上长了一个包，要拍大特写，这不行。

后来"四人帮"倒了，刘庆棠判了十七年。他从狱中出来后不敢见我，有一次别人转告，说刘庆棠有事想找我，又不敢："不知道万琪武肯不肯见我。”

我说：“人家都这样子了，我有什么不见的。”

“四人帮”倒台以后，她重新站上了舞台

“文革”当中，中央芭蕾舞团（以下简称“中芭”）240多人的剧团，抓了近70个有问题的，扣各种帽子，一个个都去了劳改农场、干校。

新中国的第一只白天鹅，《红色娘子军》中吴琼花的第一个扮演者白淑湘，也被打成“反革命”。

起因是，1965年年初，《红色娘子军》在上海演出，江青前去探班，她和白淑湘争执起来。江青亲自给她化妆，该不该打油底，两个人有不同意见。化好妆后，她让白淑湘站在一个地方调光、对距离。让她往前一点，白淑湘就往前，让她往后一点，她就往后，往左一点，马上就往左。江青却说：“你怎么那么笨，对面说你左，你必须往你的右。怎么左右都不分了？”

江青亲手给她画的妆，白淑湘回过头去，擦掉了。

很快，白淑湘就被戴上帽子，“破坏革命样板戏”，揪出来批斗。

1965年，白淑湘25岁，不能再演出了。第二年，“文革”爆发，连练功都不行了。她是东北人，人特别正直刚强，极刻苦，又热爱艺术。为了完成32个“挥鞭转”，就是原地转32个圈——在《天鹅湖》第三幕高潮的时候，有这个技巧，当时国内任何人都完成不了。白淑湘把四个椅子围起来，练习原地转，那个腿，打在凳子上，都是乌青啊。就这么着，她把32个“挥鞭转”完成了。

“文革”中，白淑湘被送到小汤山干校去劳动。每天早上五点起来捡牛粪、烧开水，还要进北京城去掏人粪，插秧、割麦子、挖河泥、养猪、养马，半夜起来拿大铡刀铡草……什么活都干。“文革”结束的时候，她已经变成一个劳动人民了，一只手能抓一个猪崽。

1974年，白淑湘回芭蕾舞团，都34岁了，身体落下毛病，肌肉

也硬了，体重也超了。人家国外的舞蹈演员，一两年没练，就恢复不了。白淑湘10年没练了，荒废了。她重新进教室，苦练。长跑、游泳、节食，上午练，下午练，晚上练。人家愣是又给练回去了，“四人帮”倒台以后，她重新站上舞台演出。

我们又一起上台了。有一次演出当中，我挥鞭子，假装抽，是抽在地上。结果有一次，她刚一抬腿，啪，倒地了，鞭子抽到她腿上了。对戏来说，这个真实，但是抽在她身上，那多痛。后来我跟她道歉，她说自己都不知道。完全沉浸在艺术当中了！

他是真正的西洋派，英国皇家芭蕾舞团早就看上他了

还有一个同事吴祖捷，是印尼华侨。小时候去英国学芭蕾，学完了，准备进英国皇家芭蕾舞团。看到一华侨报纸，说北京成立了舞蹈学校。他当时非常兴奋，写信给他爸，说想回国内去跳舞。

就这么着，来了。才十七八岁，比我大三岁。来了以后，老师要考核一下。大家平常哪看得到在英国怎么跳芭蕾的啊。

他做各种动作，各种技巧，把能跳的都跳了一遍。他是真正的西洋派，动作美极了。窗子外边，大家看得，真是鸦雀无声。从没

有接触过西方的舞蹈啊，我们学的都是苏联那一套。看了英国的学派，他跳出来，那个细腻，动作干净极了。

白捡一个宝贝，多高兴啊。国内要培养一个这样的演员，很难。

他来了，直接演王子。

他这个技术，要在国外能跳很多东西。不知道世界上别的芭蕾舞团在干吗，这是他最苦恼的。好演员都想看多一点东西。我就带着他，跑到中国青年艺术话剧院去。在北京，一个人艺，一个青艺，大的话剧院就这两个，青艺专门演外国戏。

我们看德国话剧《阴谋与爱情》，两人都激动，到后台去找主演交流，男主角是王潼。那一夜，我们三个人都没睡，在外面小馆子里吃点花生米、豆腐干，吃碗面条，就聊戏。三个人成了朋友。

吴祖捷是华侨，刘庆棠就来质问我："万琪武，你是红旗下长大的，你怎么可以跟资产阶级分子关系这么好？"

我说，每年下乡劳动，他跟我们一样，共同劳动，吃农民的饭，住一个屋。吴祖捷人很好，他家里有钱，有一辆三枪牌自行车，他这个车，我们团里任何人都可以用。那时困难，他爸给寄来一大铁箱子罐头，谁来他都给人家吃。他对农民有感情，在农村还要练功。人家思想有什么不好？

可是吴祖捷一身本事，用不上啊。什么《天鹅湖》《海盗》《巴黎圣母院》《吉赛尔》，这些统统都不能演。十年啊，我们只有八个样板戏。

没办法，后来他去了加拿大。

光彩华丽后面的艰辛

我老伴陆卫苏，比我小四岁，我们一起在中芭跳舞。她是小学毕业后进的北京舞蹈学校。发榜时，名列第三。

练芭蕾特别苦。跟她一起进校的15个女孩子，学了七年之后，只留下4个。膝盖伸不直，压腿，老师啪一巴掌，五个指印。掉着

眼泪，你也得压。刚进舞校的时候，正赶上排《海盗》，那时候她小，一年级就要穿上足尖鞋跳群舞，特别苦。

有一段时间，每次从舞台下来，回宿舍几百米的路，她都走不回去，脚特别痛。芭蕾舞女演员在舞台上是那么轻盈、优雅，富有诗意，但她们的脚都不愿意让人看，因为伤痕累累，甚至变形。

她也喜欢表演，塑造人物很丰满，技术上也不错。导演都喜欢她，哪里有困难，她一下就能补上去。

她喜欢我，她喜欢舞台上的我。出国，下乡，几十年了，我们俩都没分开过。

那时我们经常要劳动改造，每周五去北京郊区的田里干活，那都是跪着爬着干活，挠秧，稍微一直腰，边上就有人喊“趴下，趴下”。那个累啊。一回去，马上要出国演出，那又是代表国家去演出。

到国外，人家都以为我们是艺术家，不得了。问我们工资多少，我们就挑演员的最高工资说，55块。人家很惊讶，一天？不是。一周？不是。是一个月。

人家都愣住了。我们说，在我们国家，福利很好，医疗什么的，国家都包了。

退休后还为国家建了一个团

1992年，中芭重新排演《红色娘子军》。1993年，我们最后一次上台，演完《红色娘子军》就退休了。

那年年底，我们一起被聘到广州，帮助广州筹建芭蕾舞团。

在广州六年，广芭是我的第二青春。边教边演，《茶花女》《安娜·卡列尼娜》《胡桃夹子》《罗密欧与朱丽叶》，都是大型芭蕾舞剧。我演的人物跳得不多，人物性格的部分重。那个时候，我都将近60岁了。只要我在台上，所有的孩子都会在侧幕看，看我怎么演。

现在广州芭蕾舞团已经成为国内五大芭蕾舞团之一。我们带出来的孩子都当老师了，都是骨干。也有的学生到外国去了。

离开广州之后，我们就想安安静静地找一个地方，安度晚年。后来我们住到乌镇来了，江南真好，我们特别喜欢。在这个地方，我们生活很平静，很幸福。我们住的地方，有的老人知道我们是芭蕾舞演员，就请我们去指导他们跳舞，我们也很开心。毕竟啊，芭蕾是我们一辈子都在干的事，我特别希望能有更多的人了解它，喜欢它。

现在回头看一看，我们这一辈子能从事热爱的芭蕾艺术，也是莫大的幸福，我们别无所求了。

“在绿城的教育会议上，宋卫平每次插话点评，我就觉得，他还是学生时代的宋卫平。”

“10多位知名房地产商＋2位福布斯富豪＋1位茅盾文学奖得主”的杭大历史系77级神话，也许只是缘于勤奋。

王旭烽：我们都痴心不改

撰文 | 郭琳

学生说：“王老师，那边有一袋茶籽，是别人带给您的？”

王旭烽说：“哪儿啊，那是我拿来的，据说是云南一棵五百年树龄的古茶树结的茶籽。”

浙江农林大学茶文化学院副院长、茶文化系主任、茶学专家苏祝成经过，王旭烽招呼他：“苏老师，你看看这茶籽，怎么样？”

众人齐齐凑过去，好奇这五百年前的老树结出了什么模样的茶籽。

结果拖出来的是个麻袋。解开绳子，王旭烽和苏祝成掏出几颗茶籽，圆滚滚的，野毛栗子般细小。他们各自咬开一颗，里面露出了籽肉。

“怎么样，行吗？”王旭烽问，“上次在婆家农村种过一次，长出来，又死了。”

苏祝成看看发白的果肉，说：“没问题，正好种在后山。”

浙江农林大学的教学楼十六楼，也是文化学院的茶文化楼，在学校的坡地上。背后的青山，按照计划，有80-100亩将被用来开发成茶园。正是夏秋之交，满眼葱绿。

有一瞬间，你差不多忘了王旭烽的作家身份。什么茅盾文学奖，都已是浮云，面前这个说话脆生生的王旭烽，就是位茶文化的教授。

这天晚上，她的第一个研究生要来找她聊聊近况。那年，王旭烽把他送去绿城育华学校当茶文化老师，“茶文化（青春版）”课程，现在被列为精品选修课程，马上要由省教育厅向浙江中小学推广了。再过一个月，一所新的孔子学院要在诺维萨德开学，这是诺维萨德大学和浙江农林大学联合举办的，以茶文化为研究背景。诺维萨德是塞尔维亚共和国的文化中心，多瑙河与巴奇卡运河在这里交汇，诺维萨德大学就在多瑙河畔。

这是王旭烽近期最愉悦的事：从前推广汉文化，就是汉语汉字，现在视野更宽——推广汉文化，是要以文化为支撑的。

半年前央视在戛纳电影节放映了几部大型纪录片的片花：《茶》《京剧》《丝路》《瓷路》。据说片花卖得相当不错，《茶》就是王旭烽撰稿的，原本计划今年10月央视播出，因为一些缘故，推迟到了11月。如果再推迟，“不如就到明年新茶上市的时候”。

从《南方有嘉木》开始，20多年，王旭烽一直往“茶人”的路上走着。起初也许只是个虚衔，后来就慢慢地实在起来。

她乐此不疲。

正值第二届杭州国际戏剧节。《六羡歌》要在杭州大剧院上演。

台上，那群扮演大学生的大学生正在展开一场兴致勃勃的辩论：那个唐朝著名的女诗人、道姑李冶，同茶圣陆羽之间，究竟发生过什么？他们之间究竟是志同道合的友情，还是有过爱情？

王旭烽在台下，看着梵风剧社那些年轻的面孔。

这已经不知道是她第几次看《六羡歌》了。剧本是自己写的，总导演也是她，其他的一切，演员、服装、舞美、灯光，都是师生们亲力亲为，她在旁坐镇。

台上，时空穿越回了唐朝，陆羽还没写出《茶经》，李冶青春年少。

有那么一会儿，她有点走神，也穿越了，回到30多年前，1980年。那年她大二，杭大历史系77级。

那是首届大学生戏剧节，她和同学赵雄、张克夫一起，正在演出独幕话剧《承认不承认》。导演刘为，也是同学。

“承认不承认？！”一句反问，透出骨子里的骄傲。

剧本是王旭烽写的，她也担任了主演。

1977年，高考恢复了。这场攸关国运的改革，促成了共和国历史上仅有的一次冬季高考。各省自主命题，浙江省的复试题中，有一个名词解释——“三民主义”。

如今的年轻人大概很难理解那个时代的年轻人。甚至很难理解王旭烽所说的，“我们那个时候很严肃”。

一同学把王旭烽约到篮球架下，讨论了3个钟头的五四运动；

另一位则约她到黄龙洞，谈了一个夜晚的“历史进程的动力”。

还有在杭大的“民主柱”(外语系大楼的柱子)上贴小字报，讨论民主与法制的问题，发表各种意见，都是家常便饭。

“但我那时候不太注意班上的同学。我太忙了，要写作。”王旭烽想了想，说:“哦，不对，除了寿柏年。”

据说著名学者、当时的杭大历史系教授毛昭晰先生几十年来从不给学生满分，但改完寿柏年的答卷，满分。

寿柏年的另一极是宋卫平。这个一年到头一身洗得发白的军装、整天足球乒乓球篮球的历史系77级体育委员，在文娱委员王旭烽的印象里，他有过学习成绩不及格的“光荣”历史。

“但所有人都知道，这和他的智商无关，他只是觉得这些与社会不接轨的成绩毫无意义。所以后来他有很多行为，去改造世界也好，创造世界也好，或者把世界搞得一团乱也好，都有迹可循。”

在王旭烽的记忆里，年轻的宋卫平一直处于一种结巴状态，“他的思维太快了，喷涌而出，语言都套不住他。说这一句的时候，后面的思想喷涌而出把他前面的话堵住了”。

1982年2月，77级毕业。寿柏年毕业时的一句话，让王旭烽铭记到今天。

“他对我说:‘我不愿意一辈子穷经皓首。’在此之前，我从来没听过‘穷经皓首’这个词。”

当时寿柏年留校完全没问题，但他要离开象牙塔。

多年后，著名的“杭大历史系77级”的毕业生，纷纷离开了各自的“象牙塔”。

在话剧《六羡歌》的故事进程中，唐建中元年(公元780年)，陆羽终于完成流传后世的《茶经》。他在朝中、在文士中的声名也日盛。

此时距离他21岁下决心写《茶经》已过去二十余年。十多年对茶文化的游历考察，三十二个州，半个中国；又经过十年，书稿始成。

这节奏，同王旭烽多少有些吻合。

毕业近十年后，1990年，王旭烽动笔写《茶人三部曲》。起初，只是因为去了茶叶博物馆工作，对于茶历史的兴趣，让她起意花一到两年时间，写个25万字左右的长篇，讲一个江南茶人家族的命运。后来，25万字变成了130万字，《茶人三部曲》最终修订完成，要到将近十年后的1999年了。

十年，她写得很平静。没有惊天动地，大起大落，每天早上写一点，下午写一点。写完了，一个事情就做完了。

“艰苦吗?”她反问。“我不觉得。我的人生就是这样。”她说。

2000年，“茶人三部曲”拿了第五届茅盾文学奖。奖金不多，1万元，茅盾文学奖地位却类似中国的诺贝尔文学奖。

这一年，那个“10多位知名房地产商 + 2位福布斯富豪 + 1位茅盾文学奖得主”的杭大历史系77级神话，正在成型中。成立到第六年的绿城与南都房产不约而同地跨出了杭州城西的根据地。宋卫平和路虹两位同窗已经各自单飞，路虹的钱塘房产进入一个新的开创纪，宋卫平的绿城开始了它的全国性扩张，宋的第二个黄金搭档寿柏年已到绿城两年。周庆治和许广跃还在联手开拓南都的疆土，要到三年后，许广跃才会离开南都，打下他自己的天下郡原地产。

一届学生、两个班级、七十多个人，却“批量”出产着明星，这背后是怎样的逻辑？

在中国高等院校的当代史中，历史系从来都是最冷门的专业之一。王旭烽当年报考的第一志愿并非历史系，而是中文系，她是被匀到历史系的。

而到20世纪80年代后，历史系更加门庭冷落——“毕业出来干什么呢？”

杭大历史系77级的同学们自然也多次讨论过这个问题。

三十年同学会，王旭烽把一众大佬同学拉来农林大学，给她的学生们上一堂课。

“人们总问历史学出来有什么用，我不知道我们这个社会急功近利到什么地步了，这里面有太多教育的失败和传播的不准确。”她用最直接的方式来切入话题：“好，我们抛开为人类为社会的话题，我们就讲挣钱——那也是历史系77级挣得最多。不谈宋卫平、周庆治，就拿我来说，如果当初不是进了历史系，大概也就没有《茶人三部曲》。我的居住条件改善，我女儿的教育经费，我父母的孝敬，一切都来自我的稿费。”

《南方有嘉木》开篇，清帝国正处于一场大战乱，太平军占据了茶商云集的浙江，但所有这些，包括半个多世纪前的马嘎尔尼率英国使团来华等，都没有对忘忧茶庄的杭老板产生实质性的影响。一个长镜头，渐次从历史风云拉近到了这个茶人家族——这个开篇，模仿的是《万历十五年》的开篇。

她的包里最近一直放着黄仁宇的另一本《赫逊河畔谈中国历史》，抽空就拿出来看几页，都不知道已经看了多少遍。

“我们都痴心不改，希望用自己的力量去使我们的祖国更好。”

“历史这个专业把人的眼光定得很高。”她说。

当然，要多年以后才会显山露水。“毕业八九年以后，我们都出来了，一下子就是一批人。”

“那是教育的结果，而不是说我们这里天才扎堆。”

毛昭晰先生是他们尊敬的导师。即使到现在，若是有他的一句表扬，王旭烽都会高兴上一阵。1977年筹建历史系，毛先生力主建立选修课，时任历史系党总支书记的杨招棣先生也极力支持，历史系的选修课制度终于建立。诸老师上报的选修课程，加起来有三十几门。

杨招棣先生在杭大从教三十年后，以文入政，成为后来的中共杭州市委副书记。去年同王旭烽一起参加绿城的教师节座谈会，宋卫平出席，从下午3点开到晚上8点半，中间没有休息没有晚饭，把王旭烽开蒙了，80多岁的老先生却面不改色。他是绿城育华学校的名誉校长，而绿城育华正是老先生牵线搭桥帮着办起来的。“你瞧，命运中有很多事情真是很奇妙。”

王旭烽说到今年一桩高兴的事：几个月前，她得了全国五一劳动奖章。

“我特别尊重这个奖，因为这是个劳动人民的奖，它承认了你的劳动。”

提及她十年来连续三届得过国家的“五个一工程”奖，她回答：“坦白说，我们这群人能到今天，也许并不是因为才华，而是因为情怀与勤劳。”

那天在绿城的教育会议上，众人一个接一个地汇报工作，从幼儿园到小学到初高中教育，细致到学生宿舍阳台能不能放洗衣机晒衣服，洗衣机放到什么地方，衣服晒到什么地方，宋卫平都一个个地点评。“他每次插话点评，我就觉得他还是学生时代的宋卫平，只不过现在不结巴了。”

2008年，浙江大学建校一百周年，媒体公布了一项浙大风云人物名单，共9人，宋卫平与王旭烽名列其中，他们当年一个是班中的体育委员，一个是文娱委员，都是最不“学术”的委员。世界真大，世界真小！

陆羽写完《茶经》的第二年，唐德宗爱才，两度宣他入宫，拜为“太子文学”（太子的老师）。陆羽拒绝了。舞台上，演员唱着那首著名的《六羡歌》：“不羡黄金罍，不羡白玉杯。不羡朝入省，不羡暮入台。千羡万羡西江水，曾向竟陵城下来”。

这首诗其实是陆羽对西塔寺智积禅师的追思。陆羽是孤儿，自小由智积禅师收养，陆姓，也是随了智积禅师的俗家姓。禅师圆寂，陆羽在别处听说，大哭。

这首诗，也成为陆羽的标签。

但李冶却有自己的想法，这个美貌与诗名齐名的道姑诗人，终于入了宫廷。

不久前还在津津有味地讨论陆羽和李冶关系的大学生们，此时也陷入了自己的苦恼：我们的未来，究竟是像李冶般入世，还是陆羽般出世？

在外人看来，杭大历史系77级的二十年校友会实在是太特别了：那场校友会的主要内容，是毛昭晰先生给他们上了一堂课，题目是

“朝鲜半岛的石构墓葬”。

功成名就的大腕们，在讲台下回到历史里，心怀敬畏。

他们就是从这些看来毫不接地气的教育中，走到了今天。

那天寿柏年对王旭烽说了一句话：“教育是值得做的。”

第二年，绿城成立了教育集团。

在王旭烽眼里，寿柏年是个绝对不说废话的人。很多诸如此类的细节也许都在无意中推了王旭烽一把，让她在2006年作了一个决定，从浙江省作协专职副主席的位子上离开，来到浙江农林大学——那时候还叫浙江林学院——去做一个茶教授。

她和她的同事、学生们，渐渐建立起了茶文化的学院体系，然后，把茶文化向外传播。全国高校里，这是第一家。

舞台上，学生们还在辩论。

在旁人看来，这部穿插着茶道的话剧，优雅而繁复，似乎少那么一点儿年轻的味道。他们没能看到《六羡歌》的背后——它更深层的面目，是王旭烽对茶文化教学的一次改革。

茶文化学院的学生和《六羡歌》的距离非常近，因为他们每个人最后都会上台表演一把，各有各的角色。这是他们步入社会前的最后一堂课，台下是同班同学、老师。各个小组可以有各自的演绎，深沉的、搞笑的——演戏、思考、玩儿，穿插在茶道茶艺和历史中间，让学生们兴高采烈，印象深刻。

那些面临毕业的学生，会跑去问王旭烽那个自古就无解的两难问题：入世，还是出世？

尽管王旭烽有自己的答案，但她更愿意让学生们自己去抉择。

《六羡歌》的结尾是一个开放的态度，人人都有各自的选择，就像杭大历史系77级，有人选择了陆羽，有人选择了李冶。但有一点是共同的，王旭烽说："我们都痴心不改，希望用自己的力量去使我们的祖国更好。"

“你总要有一样，可以被人看到！”那个少年暗暗对自己这样说。

吴亮：当足球滚动，我向着你奔跑

撰文 | 晓迈

那是40年前。杭州，一个清冷的冬天。

天还是麻麻亮时，少年吴亮推开家门，原地小蹦几下，做了几个热身动作，便从延安路与仁和路交叉口的家里出发，一路奔跑起来。

沿着湖滨向前跑，左手是西湖，右手是楼群。

吴亮的耳边只有风声以及自己的呼吸。身体慢慢地热起来，呼吸越来越舒畅。他调整步频，心无杂念，一直向着前方跑下去。

40年后，已经是松下电化住宅设备机器（杭州）有限公司总经理的吴亮，仍然对那一情景记忆犹新。

似乎就是从那时候开始，吴亮开始了一天又一天的奔跑。风霜雨雪，没有什么可以阻挡他向前的脚步。在奔跑中，他穿越四季，穿越寒暑，穿越地域。一个又一个平凡又闪亮的日子，在奔跑中变得如同钻石一样璀璨。

尽管最近这些年，吴亮不再像从前那样每天坚持跑步了，但他的内心仍无时无刻不在策马奔腾。

奔跑，是一种精神。

奔跑，是发自内心的需要。

6年前，他把自己刚小学毕业的儿子吴昊一送进了绿城足球学校。

从此，另一个少年的身影，开始在绿茵场上日复一日地奔跑。风雨无阻，汗水如注。在奔跑中，在足球的疾速滚动中，那个少年的身影越来越高大，越来越魁梧。

龙应台说，孩子的成长对于父母来说，注定是一场“目送”。

但对于吴亮来说，他感到欣慰——因他从奔跑的儿子身上，看见顽强，看见不屈，看见奋斗与拼搏，甚至看见了40多年前的自己。

一种融于血脉的拼搏奋斗精神，就这样在两代人身上，得以延续。

父亲吴亮：跑是内心的需要

1

吴亮的奔跑，是从初中开始的。

小时体质较弱，父亲让吴亮自己加强锻炼。那时没有什么锻炼场地，最方便易行的莫过于跑步。就这样，吴亮开始了每天的晨跑——五点多就起床，开始沿着西湖跑步，跑上一圈，回来擦个身，吃早饭，上学。

吴亮的父亲出生于中国台湾。吴家祖先200多年前从福建泉州迁居台湾南部，创办酱酒作坊，并将之壮大成为台湾酱酒类第一品牌。爷爷奶奶相继去世后，父亲随兄长到日本留学，并在日本成家。1950年初，吴亮的父母一起回到祖国，落脚杭州。1962年，吴亮出生。

这是大时代的洪流，在我们的叙述里虽然只是短短的一小段文字，但对于一个家庭来说，却是颠沛流离、无比艰辛。即便是回到祖国了，却因为有着一层海外关系，少年吴亮不得不接受许多不公的对待——红领巾轮不上戴，任何荣誉和表彰都得不到，甚至连参军也不行。

“你总要有一样，可以被人看到！”那个少年暗暗对自己这样说。

他一边奔跑，一边告诉自己。

日复一日的奔跑，成为吴亮的日常生活习惯，哪一天不跑他都浑身难受。仁和路口的树叶子绿了又黄，落了又生。学校每年春季和秋季的运动会，成为吴亮令人瞩目的表演舞台。

1500米冠军。

3000米冠军。

吴亮已经不满足于学校的舞台。他参加全市的中学生运动会，依然拿下中长跑项目的冠军。

18岁高中毕业，跑步这个爱好也不能放弃，他开始转向马拉松。

在他去日本读书之前，浙江省体工大队还没有长跑的专业队。吴亮通过别的途径找到了指导教练，在获得全省长跑前三名的成绩

后，他开始为参加1987年的第六届全运会马拉松项目备战。

马拉松不仅是对跑步技术的考验，更是对意志的磨炼。

2

吴亮的奔跑还在继续。但跑步，仍不足以成为职业维持生计。

吴亮在杭州电冰箱厂工作了6年，那是一家国营企业，他的机修工种也令人羡慕。按理说，他可以安逸地过过日子了，再加上他热爱的跑步，还有什么不满足的。

在25岁的时候，吴亮决定离开工厂，去日本留学。

尽管父母都会说流利的日语，但吴亮根本不懂，去日本留学难度很大。那是1987年，改革开放还不到十年，吴亮想如果去学一门日语回来，最不济也能做做导游和翻译什么的。

那时候，给外国游客做翻译和导游收入比在工厂要高得多。每天坚持在西湖边跑步的吴亮，希望自己可以给出更好的成绩。

参加1987年那一届全运会，吴亮收获了比成绩更重要的东西：

爱情。他认识了在省体工队中当长跑运动员的太太。他们因体育而结缘。

那时，吴亮的太太已是全国前八名的实力，而后来声名享誉中国的“马家军”还没有崛起。

那一年的12月，吴亮去了日本。

3

学了日语，吴亮又在日本读了大学。

后来他进入一家日本公司工作。四年后他辞去工作，带着妻子和两个女儿、一个儿子一起回到杭州。

他进入杭州松下厨房电器有限公司。其后又换了两家公司。2002年从一家港资企业重新回到松下，担任副总经理职务。现在，他在杭州6家松下公司中担任一家公司的董事长、两家公司的总经理。

从最热爱的长跑中，吴亮学会了坚持。

很多人知道松下的智能马桶盖，也就是2015年年初的事，“漂洋过海买马桶盖”闹得沸沸扬扬。很多消费者从日本买回的松下智能马桶盖，就是位于杭州下沙经济技术开发区的松下工厂所生产。事实上，吴亮所掌控的杭州工厂生产智能马桶盖已经是10多年的事情了，只不过，很多人先前并不知道而已。

而松下的智能马桶盖生产历史还要早得多，他们从1979年开始就生产这种生活家电。国内的智能马桶盖市场一直火不起来，直到去年才被突然点爆。而在这漫长的蛰伏期中，吴亮的节奏一直是不急不躁。

“不急功近利，不急于求成。我们把产品制造、技术提升作为企业进步的关键。”吴亮经营企业大概跟他的跑步哲学有着相通的地方——都要调整好自己的节奏，相信坚持的力量，相信水到渠成的力量。

儿子吴昊一：足球是一种精神

1

吴昊一将迎来他人生中的第一次全运会。

这是一个巧合，也是一种缘分——跟父亲当年参加全运会一样，地点还是天津。

这个才18周岁的大男孩，现在是绿城足球学校的足球运动员，每天在绿茵场上驰骋。他在球场上奋力奔跑，脸上似乎有着父亲吴亮当年在西湖边练习长跑时的倔强神情。

对于吴昊一与足球的结缘，父亲吴亮并非刻意为之。昊一有两个姐姐，

大姐比他大四岁，现在上海音乐学院，学长笛。二姐比他大两岁，现在伦敦艺术大学时尚学院，搞时尚设计。

孩子所有的选择，几乎都是他们自己作出的决定。

2

在孩子的教育问题上，吴亮并不像很多别的家长那样焦虑。

大女儿原先是学小提琴的。当年初中毕业后进了浙江传媒学院附高，但只待了一年，就跑出去考了省艺校。考艺校，是因为她自己喜欢，从小就喜欢音乐。

艺校是3+2的学制，也不错，但她读了两年之后，又去考了上海音乐学院。

这孩子特别有主见。

吴亮说："这是她自己的选择，我和她妈妈都没有反对。"

吴亮只是告诉孩子，你们都长大了，你们只要知道，所有的选择都对自己负责。

二女儿也碰到同样的问题。

老二似乎继承了她父母的体育天赋。小学六年级时，就代表下城区参加杭州市小学生运动会，结果拿了800米的第一名，还破了下城区的成人800米纪录。

2分24秒。这个成绩，有点吓人。

她是天生适合运动，性格里有拼劲与狠劲。当时为了参赛，只是集中训练了两个月，每天早晨提前到校，在学校练了练。

当时清华大学附中已经准备把她特招了，因2分24秒是二级运动员水平。但她考虑之后，说："我不想去北京，不想搞运动。"

后来建兰中学特招。进了这里，就是拼学习了。中考没有发挥得特别好，进了长河中学，长河也是重点高中。读到高二年级的上半学期，她提出，要到英国留学去。

于是，休学，到英国读预科去了。

当时素描什么的，她也在搞，东学一样，西学一样。没关系，在吴亮看来："不管你学了什么，也不管你学到什么程度，如果不喜欢了，放弃就放弃。总有一天，你喜欢的那个东西，它会浮出水面的。"

现在，老二在伦敦艺术大学时尚学院学习时尚设计，毕业后再读一年，会把硕士读出来。

吴昊一最小，生性活泼好动，不太闲得住。小学毕业后，吴亮开始观察他喜欢什么。

把昊一带到陈经纶体校，一个搞三级跳远的教练让孩子跑几步。教练告诉吴亮，这孩子很适合练三级跳远，让他留下来。

这里还没定下来，有一个机会，吴亮又带着昊一去了绿城足校。

那么大片的足球场，那么多踢球的小伙伴，吴昊一对足球一见钟情了。

那就是足球了。

可是，既然选择了自己喜欢的事，就要咬牙坚持下去。

体育精神，输赢很重要，更重要的是奋力拼搏的勇气与执着。

刚进足校的时候，昊一练得当然也苦。为了跟上整体训练水平，教练会给他"开小灶"加练，球场上拼抢，摔一跤，受点伤，也是常有的事。

知道吴昊一进了足球学校踢足球去了，也有亲朋不理解：你们家又不是供不起，干吗不让他读贵族学校呢，干吗不让他出国呢？

吴亮不解释，只是笑笑。

3

现在，吴昊一已经是绿城足球 U19 梯队里的主力球员。

在队里，队友们都叫昊一为"小白"，因为他比队友们肤色白一些。

昊一参加的球赛，吴亮自然就特别关注。那年绿城足球队在日

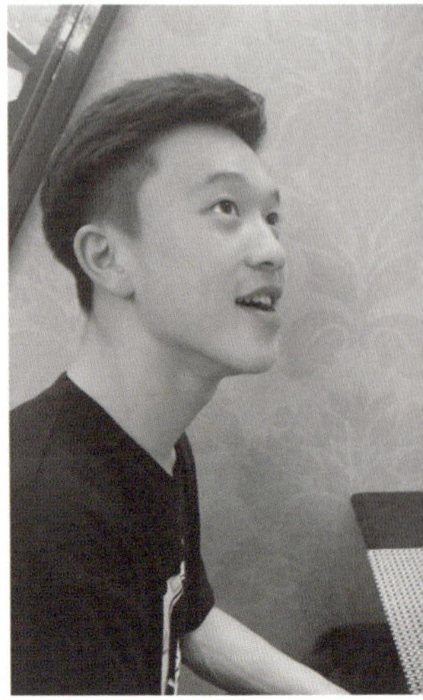

本福冈，跟日本U17国家队比赛，1∶0干掉了对方。那个进球，就是昊一贡献的。

吴昊一18周岁生日的时候，吴亮对他说："过了18岁，你就是成年人了，任何事情都要自己负责任，不再是家长的责任了。"

他提了一点要求是：不要给别人添麻烦。

有的时候，吴亮会到现场去看儿子的比赛。那个年轻人奔跑起来的样子，总是会让他想起40年前的自己。

父与子：当足球滚动，我也跟着你奔跑

提问

在您看来，足球运动能给孩子的一生带来什么样的益处，它的最大价值是什么？

吴亮

我小时也玩过足球。我自己练中长跑，练久了，如果有两天不

跑，第三天跑就会连呼吸也不一样，腿都提不起来。体育，必须坚持。这是身体的需要，也是内心的需要。

体育门类，吴昊一自小接触得挺多的。孩子必须选择他喜欢的、有可能发挥他专长的项目，他才会去努力。首先，要选择喜欢的。喜欢了，这个过程就是快乐的。不能每个人都成为精英，那些成不了精英的人怎么办？只要享受这个过程的快乐就好了。

足球运动的本义，就是快乐。成绩是一回事，最重要的是快乐，快乐就是收获。

对那些小球员来讲，这段足球运动的经历，一定会成为他生命里特别的记忆。等到人生压缩成薄薄的一片，他可能会讲，我们当年在日本比赛的时候，还干掉了日本U17国家队……这就是经历，是可以当故事来讲的，是丰富人生阅历的。

足球，是丰富我们人生阅历的一种途径，它还能带来愉悦。这些经历将来也会给你待人接物带来一定的帮助。这多好！

提问

对昊一的发展，您是否有过完全不同的设想？例如子承父业，与您一样管理企业？或者其他？

吴亮

我没有给他设想太多，做企业管理什么的，他现在还早着呢！有一次我们聊起这个话题，昊一说，他将来退役了以后，就做足球教练什么的。他还是愿意从事与体育相关的，他喜欢这一行。

提问

您对昊一在球队的情况了解多吗？你们会不会经常交流？

吴亮

我知道绿城对青训重视程度是很高的，队里的优秀队员也很多。我知道队里就有四五个是国家青年队的队员，昊一现在还不是顶尖的。以前他在队里是23号，现在是10号，前锋，10号一般是得分手。

给他10号，队里对他的期待还是很大的，希望他能扛得起来。

我在管理企业，他在踢球，我们现在的交流不算太多，而且现在他几乎一年四季都在训练，都有比赛，平时回家的机会不多。我知道他们在备战2017年的全运会，浙江是寄望于他们去拿冠军的。

提问

您对吴一的哪场比赛印象最深？

吴亮

2015年12月14日与辽宁队的那场比赛我印象最深，吴一进了两个球。他在场上跑起来的时候，我在场下看着，心都跟着他一起跑起来了。

提问

您还坚持跑步吗？

吴亮

是的，2015年，我跑了半程的“杭马”。

提问

昊一和您分别喜欢哪些球星？

吴亮

昊一最喜欢鲁尼。他电脑上的屏保都是鲁尼。我喜欢的都是一些比较老的球星，像巴西的苏格拉底，他是个医学博士，几年前已经去世了。

提问

您怎么看待中国足球？对它的整体环境如何评价？

吴亮

中央都发话了，说中国足球到了最好的时候。我相信足球运动一定是会越来越深入人心的。目前来看，还有很多的路要走，需要大家一起去推动。

在整体经济环境不那么景气的情况下，很多企业没有余力去资助足球，像绿城这么多年在做足球，靠的是情怀。未来对体育事业的投资，会慢慢变好，如果像绿城这样的俱乐部更多一些的话，它就会成为良性循环。

20世纪80年代，那个时候除了《大众电影》，几乎就没有什么娱乐性的画报，夏赛丽和她的姐姐何赛飞联袂演出的越剧折子戏《送花楼会》，那出戏的海报至今都被很多戏迷记住，有的人收藏至今，有的人一个马虎丢掉了，那画面却始终映在脑海里。

夏赛丽：礁石竭力开花的时候

口述 | 夏赛丽，撰文 | 潘宁

我没想到夏赛丽的个子那么娇小。乌黑笔直的长发像女学生那样披在肩后，左右各分出两缕，编成一股辫子，垂在后脑勺上——这根发辫很常见，朴素，又略带俏丽，但它又很挑剔，需要一种神情来配合。

那是一种什么样的神情？

稚气。那种属于女孩子的稚气。

夏赛丽的脸上就有这种神情。

突然，时间就回来了，往事的底色已淡，但所有的轮廓、所有的点线面都依然清晰不已，眼前出现了一个穿着戏服的小姑娘，她戴着一顶现在回想起来有些滑稽的书童帽，帽子似乎歪塌塌的，帽子下的一张脸庞却是立眉瞪目，英气逼人。

20世纪80年代，那个时候除了《大众电影》，几乎就没有什么娱乐性的画报，夏赛丽和她的姐姐何赛飞联袂演出的越剧折子戏

《送花楼会》，那出戏的海报至今都被很多戏迷记住，有的人收藏至今，有的人一个马虎丢掉了，那画面却始终映在脑海里。

楼台之上，文必正情定霍定金。那个英气的小书童侧身立定，左肩微斜，春色上脸，欲把那只爱的花篮送给心仪的富家小姐。

那是一个充满曲折且不乏辛酸的爱情故事，夏赛丽扮演痴情而又不屈不挠的洛阳才子文必正，那个在舞台上亮相的瞬间，夏赛丽眉宇之间爆发的那股稚气又明亮的神情，居然经年累月，不曾散去。

关于夏赛丽，所有的一切必须回到大海边。

她的幼年就是在岱山的一个小渔村度过的，她们的家依傍在海边，墙基那里，石块砌起来的驳坎一层层将房屋与大海的潮涌尽量隔开。外墙上爬满自家种的冬瓜，潮水打过来的时候，瓜秧统统被潮水带走，新的一茬又蓄势待发。

“我每天看着一轮红日升起，傍晚在沙滩上玩，又看着潮水退去。”

黑夜降临前，大海在它的尽头卷曲成一条绵长的金线。这个小小的女孩子一定不止一次地凝视过那道迷人的金线吧。

她的眼神至今乌黑闪亮，闪动时就像黄昏时海面的鳞片。

一定是她的眼神极好吧。初中的时候，夏赛丽就被学校选拔为小口径步枪选手，经受过专业的训练，半天上课半天打枪。倘若命运没有突然将她引入戏曲之路，或许，她会是一个出色的专业步枪选手，谁知道呢，命运就是一个充满猜测的词语，变幻不定，令人浮想联翩。

因为“文革”，我们的父母很早就分开了，我和大姐赛艳跟着我的母亲，赛飞跟着父亲。

当时年纪实在太小，也不知道家里究竟发生了什么，但是久而久之，慢慢地也知道妈妈和爸爸分开了，还有一个我从未谋面的二姐。

但家里是避而不谈这种事的。

我读书很好，每年都是三好学生，还获得过全县的三好学生，县里敲锣打鼓来家里送奖状，让瘫痪在床的妈妈非常骄傲。

有一天，和大姐赛艳去体育馆看一场篮球比赛，大约隔着十米的距离，我看见一个女孩，穿着一件淡苹果绿的棉袄罩衫，对襟，盘扣，长得和大姐几乎一模一样。

我看呆了，拉着大姐的手，直晃。

“赛艳，赛艳，你快看，对面这个女孩子怎么这么像你啊?”

大姐在那里捂住嘴笑，咕咕咕咕的，我看她快笑死了。

她拉着我，就往那个女孩子的位子上走过去。

那时候，大姐20岁，我12岁，那个女孩子大我4岁。她就是何赛飞。

大姐说：“哎哎哎！我帮你们介绍一下。赛飞，这是妹妹赛丽，赛丽，这是姐姐赛飞。”

我从小脾气就很倔，很犟，心想，突然之间怎么跑出个姐姐来了，不干。

大姐很有意思，说：“哎呀，今天我们三姐妹多难得啊，去岱山照相馆拍个照吧。”

其实这么多年，大姐和二姐暗地里经常走动，只是我年纪太小，她们都瞒住我。我们家和二姐家其实相隔也不远，就是今天吴山广场到武林门这么一个距离。但那么多年里，我从来没有遇见过赛飞，直到在那个体育馆。

我们三个人就去了照相馆。

我很扭捏，一副不肯配合的样子。最后，大姐和二姐合照了一张，我和大姐合照了一张，三个人的合影“流产”了。

照片虽然没拍成，但后来大姐还是把我带到父亲家去了，父亲家住在半山腰上，房子在山脚下就清晰可见。我进屋一看，一个柜子上，放着一个相框，相框里是一张男性的照片。

我一看，这男人怎么这么漂亮，这么帅！他就是我们的父亲。那是我第一次看见父亲的模样。

父亲不在家。赛飞对我说，这就是爸爸。

印象中我是直逃横逃，飞一样逃了出来，心里狂跳，我不要看见这个男人！但是父亲长得真帅，五官非常漂亮。

和第一代“小百花”们一起，夏赛丽经历了越剧历史上最疯狂最风光的一次狂欢，登峰造极，那几乎是一个难以复制的年代。

命运是不设置提示音的，但神一样的暗示，其实无所不在——这个海边的小姑娘和她的二姐别别扭扭地重逢之后，她不知道，她的人生从那个时刻起注定要走入另一种模式。那个时候，她的小口径步枪已经打得比较出色了，据夏赛丽说，后来，她和浙江小百花越剧团去南京为部队演出时，她的枪法依旧让人目瞪口呆——这个小个子女孩一下子打出了8.9环的成绩。

那只举枪的右手，那只本来应该凝重、沉稳、死死不动直指前方目标的右手，谁知道，后来居然会化为舞台上的绕指柔。

那个时候，赛飞已经被岱山县越剧团挑走了，我下了课，经常去看她排戏，突然就很入迷。

下了课，回到家里，拿着两块毛巾盖在手臂上，冒充水袖，模仿赛飞唱戏时候的样子，在那里扭来扭去咿咿呀呀的。

有一天，正坐在教室里上课，突然进来一帮人，眼睛在课堂上扫来扫去，又一边和上课的老师交头接耳。谁也不晓得他们是来做什么的。一会儿，老师指着这个说：“来，某某，你出来一下。”

老师也指着我：“赛丽，出去一下。”

原来是舟山地区越剧团来学校招演员。对方说，你会唱什么歌？我说，我不会。那么“东方红、太阳升”你总会唱吧？于是我就唱了一首《东方红》。几天后通知我去复试，唱了一段“我家有个小九妹”，还是跟赛飞临时抱佛脚学的，居然被选中了，一千多个人里面，剧团一共选了二十几个小姑娘。

越剧之路，就这样出发了。

1982年，全省举行小百花汇演，我和赛飞都参加了。文化厅发现我们是亲姐妹，就决定让赛飞演《送花楼会》里面的花旦霍定金，我演文必正，结果一炮打响，台上并蒂莲，台下姐妹花，打动了很多人，何赛飞、夏赛丽，一下子就声名远播。

省文化厅当时组织这场史无前例的越剧汇演，它的深意在于选拔全省的优秀青年越剧人才，以组建日后名动东南亚的浙江小百花越剧团——但当时我们懵懂无知，并不知道这场如同超女般轰轰烈烈、层层选拔的汇演对我们意味着什么。

汇演完了，回到舟山地区越剧团，没过几天，团里就通知我，要调我去省艺校读书，几月几号，必须去杭州报到。

我以为剧团不要我了，当时刚好14虚岁，拼命哭，问团领导："你们为什么不要我了？我演得好好的，为什么要把我送走？"

在岱山县越剧团，赛飞也哭成了泪人，问领导："你们要干吗啦？干吗要把我调到杭州去？"

大海开始成为远方的念想。海的女儿，从此脚下所踩的已经不是那片沙滩，而是很厚的皂靴——皂靴像是一艘通往虚拟世界的船，踩着皂靴的夏赛丽无数次回到那些被编织出来的时空里，那里是一个粉墨世界，充满爱恨情仇，是梦幻与现实之间的无缝转接。

穿上皂靴的夏赛丽在舞台上负责造梦，跟天底下所有的舞台剧演员一样，他们是造梦者。

成名后的夏赛丽后来常常想起老家的那座房子，厚厚而斑驳的石坎，沿墙爬行的瓜藤无言而充满着莫名的生机。后来，那里已经变成一片盐场了，人们开始居住在离大海更远一些的陆地上，海的辽阔空旷显得愈发突出，像大海与人，彼此互相失忆了，辽阔空旷得像失去记忆以后的空白。

海的气息还会不会出现在你的味觉里，嗅觉里？

她说，当然不会忘记。如果海水会枯竭，但海下面的礁石一定不会消失。

她有大海礁石般的内心。

在曙光路上的省艺校，我们整整读了三年书，整天和文言文打交道，研习传统文化，读唐诗宋词。书面语言的功底就是那个时候培养出来的。

这导致日后别人做我的秘书也很难，因为我要咬文嚼字，能够把意思在12个字里面写完，你就不能用16个字来表现。我要求文字精炼。

和赛飞演完整版的《双珠凤》，有一段戏，两人要在舞台上当场写书法，写一副对联。我写草书，赛飞的字体相对要规整一点。我们两姐妹就在台上泼墨挥毫，然后台下观众在那里唧唧喳喳，很多人打赌，她们肯定是设好机关的呀，毛笔字肯定是事先就写好了呀，毛笔按下去，字就显影出来了。

实际上，为了能把这副对联写好，我们不晓得在台下练了多少回，沙孟海沙老还亲自为我们指点了两三次。

事后，沙老还专门给我们两姐妹题写了字：金镜玉莹。我是金镜，赛飞是玉莹，寓意很美好。

我至今记得省艺校排练厅里的六个大字，自尊自爱自强，这六个大字，对我的影响力是巨大的，这六个字，像火种，点燃了我内心本来就存在，但始终不够明晰的那份感觉，我有大海礁石一样的内心，这样的内心是刚毅的，不肯服输的，这六个字，照亮了一切。

那个年代，我们作为改革开放后的第一批越剧新生力量，所处的大环境真是优厚。那时候几乎会聚了所有的精英导师，我的身段是昆曲，是汪世瑜老师等人教的，武功来自京剧，表演受到了话剧的熏陶。

现在回想起来，最终离开越剧舞台，这其实是我对传统戏曲的不负责任。

到现在为止，我的嗓子都很好，基本功一点都没有丢。我是剧团里面最刻苦的一个，在舟山越剧团也是，为什么当时地区越剧团只挑走我一个，我想就是因为我的刻苦，就是我比人家多许多倍的练功。

从小就知道自己家境不好，又不希望给瘫痪在床的妈妈增加更多的困难。记得大冬天，才十几岁，一个人洗被子洗床单，天冷，人个子小，怎么都绞不动那么大的床单，眼泪哗哗哗地流。

记得排“断桥”，因为年纪小，根本没谈过恋爱，我演许仙——那些年纪比我大的人演许仙，多少会哭啊。我哭不出来，我怎么知道夫妻是怎么回事啊？怎么理解生离死别？眼泪一滴都掉不出来。

这段戏是跪在那里唱的：“请娘子原谅，我听信了法海的谗言。”演到这里，整个人干巴巴的，完全不能入戏，教昆曲的徐冠春老师就跪在那里，演示给我看：“赛丽，你想想看，你想想看，娘子怎么怎么了，你又怎么怎么了。”——他说着说着，我的眼泪就开始流了下来，现在回忆起来真的很不容易。

我觉得我的离开，对戏曲舞台也是个损失。

因为我学的是陆派，陆锦花老师的陆派。从整个越剧界来讲，学陆派的人相对很少。一直到我和赛飞很红的时候，我也没见过陆老师本人，因为陆锦花老师早年就去了美国，我始终没有拜师过。

我是捧着录音机学的。他们说陆派陆派，是捧着录音机的派。后来，我在香港的戏迷太太有几个去了美国，她们去拜访陆老师，对她说：“哎，陆锦花老师，有个小姑娘唱得老像侬咯。”

陆老师开心地说：“好呀，像我么总归好的呀。”

直到我已经投身房地产，有一次，陆老师回到上海，我专门去拜访她，那才是我们师徒的第一次见面。

聚光灯是她自己熄灭的。

所有与充满无限风光的舞台相关的一切都是她自己一一熄灭的。

姐姐何赛飞在众多影视剧中频繁展示她或温婉或哀怨或凌厉的演技，但似乎没有人留意夏赛丽去了哪里。

并蒂的姐妹花，那另外的一朵，悄然之下，在另一个土壤里盛开。

没有去深究当初夏赛丽离开越剧舞台的理由，上帝打开窗，上

是时候了他们知道
是石头竭力开花的时候
是不安宁的时间心脏跳动
是时间如它所是的时候了
——保罗·策兰《花冠》

帝关上门，所有的得到与失去，都有着它们浑然天成的理由。

很难想象眼前的夏赛丽，房地产界的夏总，是如何在她的职场上叱咤风云的——她穿着黑色的阿玛尼休闲短裤，据说已经穿了快10年了，一件白颜色的套头T恤。倘若不是手指上戴着几枚非常精致的玉石戒指，把她放到哪间大学的课堂上去——用学姐学妹来称呼她也未尝不可。

我不是特别喜欢在文艺圈里走得太深。

关于很多年前的那次转身，她给出的理由是这样的。

我是1994年正式进入房地产界的，做的第一个楼盘是京惠花园。那时候，杭州的房地产非常低迷，京惠花园占地86000平方米，当时也是属于大盘了。

而宋卫平也是从1994年开始进入这个行业的。

现在回想起来，我和宋董可以走到一起合作，是缘于很多理念上的接近或者一致。

起步做美达房产的时候，我一直在观察我的同行。必须在观察中学习，这是一个新手必须做到的。

有一次我去绿城·杭州桂花城，正好遇见景观园林工人拼命在敲地上的砖，已经完工的地砖全部都敲掉。“怎么啦？”我很诧异。

“我们宋董要求高啊。说我们没有做好。”后来得知宋董跟业主声明，再投资2000万，重新返工做景观，让他们迟一点搬可不可以。业主都说：“哇，可以，当然可以，原来宋董要求这么高。”

我也不断听闻，说宋卫平经常在工地考察，随时都拿着根榔头，哪里没做好，就咚咚敲掉。或许只是传闻，但果真是细节决定成败。

我们和绿城的合作最初是“九月森林”这个项目。先是绿城设计院帮我们设计房子——九月森林别墅园，“种在树中间的房子”，这个创意与设计就来自他们。后来得知，宋董还到九月森林去看过，宋董说，嗯，还学得挺像样！

那时房地产界对我的印象大致是这样的——夏赛丽从艺术界转

身，公司规模算是中等，品牌，介于一线与二线之间。

我觉得我骨子里还有艺术工作者的养料，跟真正的生意人相比，还有点文绉绉。当时我们的广告语也都很有文人气息，人家还没开始讲文化房地产，我已经在提这个概念了，像京惠花园的广告语是“运河风韵，都市情怀”，九月森林的广告语更美，“树是回家的方向”。

我一直认为，建筑不仅仅只是钢筋水泥那点儿事，建筑不能冰冷，它们应该有心跳的声音。我做九月森林，那里原本是西湖区林场，到处是50年树龄的参天大树，我怎么能忍心把那些红豆杉砍掉，怎么能忍心把那些水杉砍了，那些金桂、四季桂，玉兰花——玉兰花真的比西湖边的还漂亮。我把它全部种在园区里面。

2007年，成立了赛丽集团。2008年12月30日，通过91轮竞价，以52200万元的价格，我们拿了后来的赛丽绿城·杭州丽园这块地，就在南宋文化遗址上。晚上，我接到宋董的一个短信：“赛丽，怎么样，我们合作一把?”

我欣然答应!

绿城与宋卫平，他们吸引我的地方太多了。宋董的执着最让我动容，我和我们的员工说，我们要学习绿城和宋卫平身上的东西太多了，要学习他对品质孜孜不倦的追求，要学习他的社会责任感，对员工的责任感，对业主的责任感。绿城是居住服务公司，是高端住宅的运营商，是品质地产的典范，绿城更是理想主义者、城市文明的倡导者，绿城的工艺工法，绿城对品质的捍卫和坚守，都是我们一直在学习和赞赏的。因为志同道合，有了后来的慧园、兰园项目的合作。

绿城让我感动的是他们所承载的厚重的责任感，和对这个城市的贡献。很多舆论都认为开发商是奸商，实际上这是片面理解了我们，这个城市有今天这么美丽的容颜，没有我们开发商付出的努力，没有这么多精致的、精益求精的点，哪来今天如此漂亮的面。没有建设没有改造，我们的城市是不可能发展到今天这个面貌的。

很多人都知道，我很早就涉及新能源产业。2005年在浙江舟山兴建衢山风力发电厂，一期投资4.5亿元。这是浙江省发改委批复的第一个风力发电项目、浙江省重点工程之一，也是省内首个民营企业投资的清洁能源项目。截至目前，该项目在全省风电行业总发电量和经济效益都是第一位。建设装机容量15兆瓦、年发电量9000万千瓦·时的丽水松阳生物质发电厂也将于近期开工建设。

杭州自古以来文脉绵长，传承有序。曾经涌现出大批中国名家以及南宋院体。浙派水墨艺术影响全国画坛。新浙派水墨画，依托中国美术学院这所有着85年历史的艺术院校，一代代的传承、地域文化的烙印十分凸现。我在20多年的企业经营过程中，也一直倡导低碳、人文、慈爱的企业文化，在文化大发展的背景下，回归艺术本源。我想通过我们的努力传播和弘扬中国水墨艺术，追求中国艺术文化的创新、创意和发展，为文化的传承、东西方文化的交流承担一些社会责任，创办文化产业。目前定位为纯公益的浙江赛丽美术馆已经在紧锣密鼓地装修中，我们已经收藏了齐白石、徐悲鸿、黄宾虹、陆俨少、曾宓、童中焘、姜宝林、潘鸿海、何水法、孔仲起、余任天、韩美林、沙孟海、刘江、王冬令、王伯敏等大师之作。

从越剧到房地产到新能源、文化，我个人也收获了很多，先后当选为中国民主同盟第十一届中央委员会妇女委员会委员、浙江民盟省委委员、舟山市政协委员、杭州市上城区人大代表、浙江省工商联直属商会会长、浙商全国理事会主席团主席、杭州市舟山商会会长，还获得浙江省小百花会演优秀小百花奖、全国青年越剧演员电视大奖赛最佳演员奖、民盟中央“民盟社会服务工作先进个人”称号、“2011中国民企年度人物”、“中国十大低碳领袖”、“2012年度中国房地产金融跨界风尚大奖”等荣誉 。

我想这些荣誉也好，首肯也好，更多的是责任和奉献。20年前为社会大众奉献的是戏剧艺术之美，塑造的是精神家园，从事房地产为社会大众奉献的是建筑之美，塑造的是物质家园，涉足文化产业为社会大众奉献的是文化之美，塑造的是心灵的家园。无论是房地产、新能源产业，还是艺术文化产业，我和绿城共同的理想是创造城市的美丽，营造美丽的房子、美丽的社区，让我们用的能源更清洁更环保，让天更蓝水更清，让美的生活和艺术充满城市的每一个角落，让爱延续，让美传承，正如花开。

两个分别生长于不同国家的奶奶相遇了。他们彼此都不会讲对方的语言，却用人性里的善相互摸索，友好地打量对方。

门铃依旧每天响起，依旧是那个熟悉的棕色纸袋，晏阿姨微笑着把它递给Morris，小外孙依然往她身后躲了躲……

晏阿姨：爱意无需翻译

撰文 | 黄小追

每次吃绿豆的时候，晏阿姨都会想起Morris。

那位手足无措的英国老太太，捧着一碗由绿豆、红豆、莲子打成糊的甜汤站在家门口，问她这是什么。

纷至沓来的回忆是加拿大凉爽的夏，庭院里的苹果树，Morris家金色的拉布拉多犬，还有每次看到这只大狗都会往自己身后躲藏的小孙子。

2016年7月，晏阿姨夫妻俩结识了渥太华的邻居Morris，一个即将动手术的80岁独居老人。于是他们每天为她送饭，风雨无阻。语言、国籍在巨大的善意面前不是阻碍，所有克服的困难都在这个故事里闪闪发亮。

听完这个故事的很长一段时间里，我常常会想起某些细枝末节，像被某个柔软而巨大的生物拥抱着。

不止是因为这个故事足够温暖，也因为，我得到了这样一个事实：在这个世界上，确实存在可以毫无顾忌地把善意给予他人、不计回报的人生，这样的人生很幸福，很快乐。

这是最好的人生。

晏阿姨夫妻俩第一次见 Morris 的时候，这个直率的英国老太太说她并不怎么喜欢中国人。

餐桌不大，几道菜热热闹闹地挤在一起：油焖大虾、酱牛肉、蔬菜炒蛋、炒甘蓝、香干炒时蔬……晏阿姨从厨房走出来，听到有人发出热情的呼喊："Nicole，太感谢你了！"然后，一个老人高挑的身影映入眼帘，对方正在拥抱女儿，整整高了一个头。

女儿即将回国工作，临走前，安排不会说英语的父母与邻居老太太认识一下。外国人的社交讲究距离感，这顿晚宴是晏家提议的，他们想见见这位即将共处整个夏天的邻居。

Morris 独居，81 岁，丈夫住在较远的敬老院。她年轻时读女子学校，后来做护士，是十分独立的英国女人模样。晏阿姨和丈夫文森林都不会英文，但能看出来 Morris 对晚餐很满意——她都没停下来过，并报以非常标准的老外惊讶脸，这让主厨太有成就感了。

"是的，之前也和 Nicole 说了，我不太喜欢中国人，要不是因为你们的炒房团，我的孩子也不至于买不起这附近的房子。但是，但是……" Morris 一边剥虾，一边做了个夸张的动作，"看看这桌中餐，太美妙了，我真希望这就是我家的厨房。"

女儿接着翻译：老人 9 月就要做心脏手术了，现在手还骨折，的确生活不方便，儿女住得远，也不太来看她。"那怎么行，"文叔叔一下就愁坏了，"做手术在中国可是大事情，怎么着也是要养的，难道就让她这样，每天两片面包一块干酪打发了？"

他们可是连月子都不坐的老外呀，再说了，话都说不上，你的好心人家会领情吗？这些泼冷水的话在心里过了几遍，女儿还是没说出口。

Morris 又夸了好几遍酱牛肉的口感与味道，惊讶于紫甘蓝除了沙拉还能炒着吃，多次表达了被神奇的中国料理征服后，慢悠悠地

一家人和 Morris

回家了。女儿看着父母欲言又止的样子，鼓励他们："想做就做吧，有我呢！"

三个人都笑了，他们仨—— 再加上小外孙吧——分居两国，语言不通，马上要进行一场冒险：每天给英国老太太送饭，保证她能顺顺利利地进行手术。

夫妻俩很快就发现了难处：不能沟通。

晚宴过后的那天中午，晏阿姨提着纸袋敲开了 Morris 的门，老太太惊讶地说了一堆话，她听不明白，便指指袋子，再做了个吃的动作。老人嗯嗯啊啊地接过了袋子，她也嗯嗯啊啊地示意对方赶紧回去。

晏阿姨本是非常热情大方的人，一肚子话憋着实在难受，正和

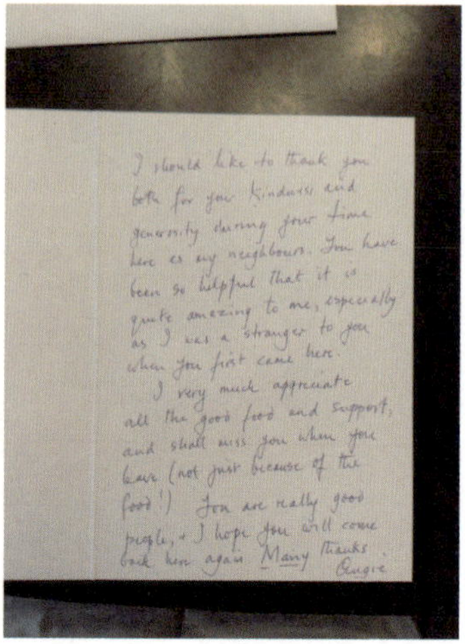

Morris 给晏阿姨的明信片

文叔叔商量怎么办的时候，敲门声响了。Morris 站在门口，穿了一身正装，甚至还穿着崭新的皮鞋，就像是来赴一次正式的下午茶。

晏阿姨当场就有点头大，这位高高的邻居得把麻烦的正装一件件穿好，弯下腰换鞋——怎么着也得再拾掇拾掇自己——从自家的台阶走下去，再从她家的台阶走上来……无论哪步出了岔子都是要命的。她忙陪着 Morris 回家，以确保自己担心的事不会发生。

“大概她觉得我太虚弱，无力走动，紧紧扶着我的胳臂，送我回家门口。”晏阿姨比 Morris 矮一个头，俩人就这样无声又亲密地互相依靠着。“我也挺担心的，因为我比她高大，如果我摔倒了，可能会带她一块儿摔倒。”

走到 Morris 家门口，晏阿姨比画了吃饭的样子，捧着空气碗放在门口的长凳上，又做了个自己会去取的动作。很显然，Morris 并没有看懂。两个人很不甘心地又比画了半天，终于放弃了，一起大笑起来。

Morris 在给文小姐的邮件里写：你妈妈显然是想告诉我什么，

但我没有理解。晏阿姨也给女儿发了信息，拜托她告诉邻居把空盘子放在门廊里就好，远在上海的女儿赶紧为两边做了翻译。

晏阿姨的纸袋里装着保温杯和一个很大的便当盒，里面有米饭、蔬菜、猪肉或虾，还有一壶热汤。有一次文叔叔提议做个煎饼，老太太也很爱吃。“堪比终极版外卖服务。”Morris 这样总结。

偶尔也有让她费解的食材出现，比如文叔叔强烈推荐的黑木耳炖鸡汤，老太太不敢吃木耳，都剩下了。文叔叔痛心疾首，忙让女儿翻译了黑木耳对心脏的好处，Morris 这才做了尝试。

文叔叔以前是医生，对营养搭配很有一套，为了让老太太多摄取营养，他让晏阿姨把红豆、绿豆、莲子等打成糊，好入口，又很美味。这又难倒了 Morris，文叔叔便把原材料各取了几颗放在碗里给她看，老太太心领神会。

这样的关系已经维持了有一阵子，Morris 依然不知道晏阿姨的名字。

她很想和这位慈眉善目的好心人聊聊天，每每见面，虽然不懂她的意思，但能看出来是憋了一肚子话。

女儿发来的邮件里说，Morris 性格非常外向，每天都很想和晏阿姨拉拉家常，碍于语言障碍，只好回去给文小姐写长长的邮件委托转告。

Morris 的丈夫是位医生，估计比她年长些吧，前些年得了阿尔茨海默症，住在养老院里，两人不常见面。她非常珍惜和邻居的交往，为期两个月，每天半小时，沉默又亲密的来往。

Morris 唯一会说的中文是“你好”，她向文小姐打听了晏阿姨的名字，女儿觉得发音对老外来说太难，就没有告诉她。于是 Morris 就叫她“Wing”（文的谐音），也是翅膀的意思。

这家人就像突然降临到她身边的天使。

Morris 时常觉得自己不适应这样的变化——突然被照顾的日常。直到有几次，她听到门口的脚步声，抓起餐具开门时看到是快递员，发觉自己有些失落。

她不知道晏阿姨和文叔叔这些日子是怎么过的。

最开始的几周，他们摸不清 Morris 的生活状态，餐送过去每隔20分钟就看一眼，着急她怎么还不出来拿。有一次一直到下午两三点也没拿进去，文叔叔急坏了，事后才知道那天是 Morris 去医院检查的日子。

就算拿进去了，夫妻俩也不放心，如果很久都没把餐具放出来，两个人会急得不得了，怕她一个人在家里出什么状况。

他们住的街区离大型商场很远，女儿委托住得近的朋友每周为家里补给一次，肉类基本是定额的。家附近有个台湾人开的小杂货铺，卖新鲜蔬菜和一些调味品。有好几次，晏阿姨发现菜不够了，匆匆推着小孙子去采购。也有肉不够的时候，他们选择自己少吃些。

这天 Morris 来找晏阿姨，照例又穿了正装，告诉她自己要去女儿那，这两天不用准备饭菜了。

“那两天就像放假了一样。”夫妻俩开玩笑地说，小孙子也不用面对那只大狗了，他还是有些害怕的。

这让女儿哭笑不得：“去加拿大，就是希望你们可以好好休息，度假呀，怎么反倒给自己揽了活了。”视频那头，文叔叔认真地说：“说好要照顾她到手术前，不能停。”

他们的确一次也没想过放弃。

“你的母亲不能一直这样给我送饭，”Morris 向文小姐抗议道，“我都没办法做烤牛肉和约克郡布丁之类的家乡菜回报她。”

文小姐向她解释，父母吃不惯西餐，而且多做一份也只是举手之劳。她知道，对父母来说，快乐的源头是付出，不计回报的付出。母亲常常让她发邮件问 Morris 饭菜好不好吃，会不会太咸，想吃什么食物……双眼里满是期待的神情。

Morris 再也没有提出过支付费用，或用其他方式去偿还。她明白，这份善意不允许她这么做。

在过去几年里，一些大房子开始渐渐取代了这条街区上的老旧小屋，这也算是推动温哥华房地产市场的疯狂潮流之一。

庭院里的苹果树，朋友们的聚会

一开始，Morris总觉得那些高大豪宅居高临下地压迫着自己这间20世纪20年代建的矮小黄色平房，两三年之后她才渐渐习惯。

像Morris这样对中国人并无好感的加拿大人并不少见，他们认为中国炒房团抬高了地价，导致年轻人很难买房。而另一点让文叔叔很不满的是，他并不同意“中国人素质低”这个被硬贴在身上的标签。

那时候的加拿大，反华情绪已经非常高涨。走在街上，有老外指着他们大喊，他们不知道是什么意思，但愤怒和厌恶直直地刺了过来。

女儿也担心，但她更信任父母的社交能力。

比如她一直很费解，完全不懂英语的母亲怎么能头头是道地向她介绍周围邻居的情况：这家是单亲妈妈带了三个娃；这家在学法语，法语老师还是哈佛毕业的呢；那家上周做的苹果派很好吃……

庭院里的苹果树很大，有一半的枝叶伸到隔壁，这家住的是一对年轻夫妻，他们的孩子喜欢在院子里玩，熟透的苹果掉在脚边也不会去捡。文叔叔很希望邻居不要客气，摘下苹果给孩子吃，他画了幅画，画了苹果树，画了大苹果，树下画两个大人一个孩子。拿到邻居家指指苹果树，再指指孩子，对方听懂了。

但他们仍没有摘苹果。文叔叔一着急，在木杆上绑了个网兜，制成简易的工具送给他们，这下他们接受了。过了几天，夫妻俩收到邻居送来的苹果派，以及用谷歌翻译出来的、有些蹩脚的感谢信：希望你们永远做我们的邻居。

夫妻俩和女儿

女儿相信，善意可以打败一切隔阂。

Morris的一个孙子会和晏阿姨的小外孙在前院一起玩球，两个奶奶就在一旁看着，如果球滚到身边，她们就给孩子们轻轻地踢回去。"Wing的小外孙也不会说英语，但从他嘴角的微笑可以看得出来，他很喜欢这个游戏。"

通过文小姐的翻译，两位老太太算是知根知底了。Morris得知晏阿姨比自己小13岁，经历过"文化大革命"，当年被迫下乡，没能上大学。"而我，成长于战争年代的英国。"

就这样，两个分别生长于不同国家的奶奶相遇了。他们彼此都不会讲对方的语言，却用人性里的善相互摸索，友好地打量对方。

门铃依旧每天响起，依旧是那个熟悉的棕色纸袋，晏阿姨微笑着把它递给Morris，小外孙依然往她身后躲了躲。

Morris用翻译软件告诉晏阿姨："我绝不能让你明天就回中国去。"老太太哭了，肩头一耸一耸的。晏阿姨伸出手拥抱她，文叔叔早已回到卧室，他最不擅长对付这样的场面。

"她80岁了，"说到那场别离，文叔叔依然有些哽咽，"能在手术前照顾到她，也是我们的幸运。"

那些焦虑，精心安排的菜谱，不间断送饭菜的两个月时间，化为一句简单的"幸运"。

文叔叔年轻时做过医生，后来又做警察。这个医生心软得很，见不得别人受苦，有一次没能把家门贫寒的小姑娘救回来，只能帮着腿脚不便的家人背她回家，长长的山路，掉了好多眼泪。

夫妻俩信佛，请女儿把Morris的全名写在纸上，每次都特别认真地祈祷她能手术成功。

2017年夏天，他们还会回去："希望那时候，还能和她一块儿吃饭。"

九月底，女儿收到了Morris的邮件，手术成功了，只是她还很虚弱："那两个月的照顾，对我的帮助非常大，请一定要转告给你父母。"

晏阿姨做的苹果干

她觉得这样的感谢远远不够。Morris 的眼睛不好，看字非常吃力，即便如此，她还是一字一句地敲下了这个故事，投稿给《环球邮报》。

这个故事在社交网络迅速走红，短短数小时转发量就达到3万，引发了现象级的讨论。

"这样的故事，曾经也发生在我们家。我妈妈照顾我生病的继父时，一位妈妈带着她的孩子出现在我们家门口。她送来了馄饨，那是我妈妈吃过的最美味的馄饨。之后她几乎每天都会送食物过来。爱就是爱——不管你来自哪个国家，讲哪种语言。我们应该花更多时间来发掘邻居间这样有爱的瞬间。"

"我记得有一年春天我在温哥华东部的祖母家的花园里翻土，邻居的中国家庭看到了我，临近中午的时候给我送来了饺子。他们虽然不会讲英语，但脸上却挂着大大的微笑。我很喜欢吃那些饺子。"

“故事真令人感动，让我这一整天都元气满满！这是一个关乎我们日常邻居，内在人性的故事，非常美好。”

美国著名网站 Quartz 选了另一个角度来分析这个故事：“Morris 写的关于邻居的文章没有讨论中国资金，也没有讨论加拿大移民政策，但 Wing 住的那种古典式的大房子却代表了引发当地冲突和不满的新变化。不管怎么样，Morris 的故事清晰地告诉我们，真实的人性联系几乎可以战胜任何政治问题。”

这个故事从北美传回中国，又传到了绿城园区。老邻居在朋友圈里骄傲地转发：“这是咱上海绿城的。”

夫妻俩在园区里也是出了名的好人缘，无论邻居、保安、保洁，都熟悉他们，那个总是关心人的文叔叔，那个总是带着笑的晏阿姨。

采访时晏阿姨拿了一罐苹果干，那是他们在加拿大时的“主业”：把庭院里的苹果收下来切片晒干。苹果干很甜，不知不觉就吃了很多。

走的时候，她不知从哪掏出了一包分装好的苹果干塞到我手里，让我带回家吃。

在此之后的很长一段时间里，我都在想他们，这个故事温暖了我很久。

电影《辛德勒的名单》里，犹太人熔了自己的金牙送给辛德勒，上面写着：“救一人，如救世界”。

那样温暖的、人性里的善意，冲破所有阻碍，闪闪发亮。这是一种巨大的勉励，时时刻刻都在提醒着：不要怀疑，去做善良的人吧。

他见证了高球在中国从出生到学步的历程。

那时候他并不知道自己有一天会站在果岭上，并会有一些奇特的经历随之而来。

在那颗小白球被推进洞前，他一直保持着慎终如始的专注。

杨科军：高尔夫，慎终如始

撰文 | 小西

深圳

80年代的深圳特区，是中国改革开放的前沿。

1985年11月，深圳高尔夫俱乐部（以下简称“深高”）开业，这是国内第一个立项批准的具有国际标准的高尔夫球场。

深圳高尔夫俱乐部隶属的是深圳特区发展公司，“我国第一家大型集团式企业”（新华社），董事长由深圳市副市长兼任。建高尔夫球场的原因很直接：改变投资环境，招商引资。

杨科军介入高尔夫的这年，正是深高开业的这年。

1984年，香港特殊旅游项目论坛。

杨科军在会议上听说，日本开发商想进入中国开辟高尔夫运动。他此时是中国国际旅行社杭州分社日本部部长，接待各种日本团体，业务水准被客人高度评价。

被编入“特殊旅游项目”的高尔夫对他而言是个懵懂的存在：究竟是一项怎么样的运动？说不清，听不懂，没有任何可以参考的东西。

不久，因为被评为日语专业全国模范，杨科军得到了一个月的假期。回想起香港的那场会议，好奇心起，他选择了去深圳休假，去见识高尔夫究竟是什么。当时进入深圳特区，需要办理特别通行证。

第一次踏上高尔夫球场的杨科军深吸一口气，青草的气息无所忌惮地闯入他的内心深处。

尚未开业的球场由日本人投资、设计、管理，但日本人对本地不熟悉，需要一个中方负责人，日方希望他能担任中方副总经理一职。

一个戏剧化的对照，也许同他下决心离开杭州去深圳不无干系。

评上全国模范，杨科军在杭州城西分到了一套房子，三四十平方米的小套。那个年代，人们会为了争0.5的分房系数而打破头。

几个朋友帮杨科军搬家，在狭窄的楼道里，沙发和大些的家具竟搬不上去。

而在深高的球场，日方代表对杨科军说：“你的房子，我给你留好了。”就拿出一串钥匙，三十多个。球场一角有四栋别墅，“第一栋给你”。

杭州城西的那个小套，杨科军顺手给了一个朋友。

在接下来的5年里，他见证了高球在中国从出生到学步的历程。

杨科军回杭州招人，招募20名服务生，10男10女。报名的来了500多人。

即便拿着照片讲什么是高尔夫，也很难讲得通，但“深圳特区”和三四百的工资，是有莫大吸引力的。此时杭州相对高的工资也不过一百多块。

当这些年轻人踏上深高起伏的草坪，说，上当了。

有说，这儿不是植物园么？又有说，是动物园。他们开始想象自己的工作：园林工。

杨科军把他的日本经理大西叫过来，拿出球杆，现场演示推杆、挥杆。

这也是那群年轻人对高尔夫第一个模糊的印象。

球童是本地招的，告示一贴，人就拥来了。当年的球童，十几人都被培养成为各大球会的总经理。

会员在那几年里多半是日本人，深高也是海外会员招募最多的球场。3.5万的入会费在当时日本经济泡沫年代实在是一个很随便的数字，至于经济泡沫破裂，日方也终于从深高撤资，那是几年后的事。

也有从香港和台湾过来的。偶尔一个月来个内地人，则是在日本或美国打过的。

一个颇有意思的插曲，关于本地市场的开拓。

深圳把深圳模特队的体能训练基地设在球场里，为期两个月。深圳模特队在80年代赫赫有名，因为面向全国招收模特。

体能训练很干脆：当球童。

消息一出去，迅速从香港、澳门、深圳招募了一堆会员，不打球的都来了。两个月里，杨科军的BB机每天响个不停，都是预约电话。

商界与政界的纷纷关注，推动了本地市场。

高尔夫在中国一度的推进力，也许从入会费中可以窥见一斑：1984年，入会费3.5万港币，至1993~1994年，飙升至150万港币。

裁判

美国一个医学双博士，一直不明白为什么他的苏格兰博导那么痴迷高尔夫。一天，导师对他说“我带你去打一场。”

这似乎是高尔夫圈子最常见的情形。

这项似乎缺乏对抗的运动，据说从前不过是苏格兰牧羊人无聊

时用木头曲柄杖把圆石头打进兔子洞的游戏，却流传到今天，延伸出庞大的文化体系：公平、诚信、意志、礼仪——核心也许是：没有裁判。

2004年有一部电影《天才一击》，说的是鲍比·琼斯的故事，他是美国业余高尔夫球员，职业律师，28岁就拿下了四大满贯，宣布退役。

传奇镜头定焦在1925年的美国高尔夫球公开赛：计分时刻，琼斯对记分员说，自己的球在他准备击球时移动了，按规则要加罚一杆。比赛的结果，他以一杆之差和冠军失之交臂——他是唯一看到那个微小移动的人。

毫无疑问，媒体一片赞誉。他却淡然回答：“如果这种事也值得赞扬的话，那么每个路过银行而没有进去抢劫的人都值得被赞扬。”

而那个终于下场打球的美国医学博士，后来写了一篇文章，译成中文叫《论绅士的中庸之道及运动》。

“君子慎独。”杨科军说。

“这是一场同自己的运动。在没有任何人看见的情形下，一丝不苟地打完一场球，心无旁骛——所谓凛闲居以体独，一个人闲居独处时，不能失了敬畏谨慎之心，独处时的表现，是个人修养最真实的体现。”

“还是80年代，东京银行的行长跟我讲，杨先生，你们也许经常想，怎么我们又来打球了，但有时我们的一场球，就可以决定一次贷款——一场球基本就可以知道，你的人品怎样，能不能合作，贷款可不可以贷给你——在球场中的表现，是一种最本能的、最自然的反应。”

他为某高尔夫杂志写了三年的专栏，关于高尔夫文化，高尔夫中折射出的人生况味。这是个见微知著的庞大话题。有意思的是，在儒家文化中，都能一一对应。

所以苏格兰人说高尔夫是从苏格兰起源的，荷兰人则说荷兰才是发祥地，在中国，有高球爱好者则称高尔夫起源于中国明朝一种叫“捶丸”的游戏，《宣宗行乐图》上，明宣宗拿着一根球棍，瞄准地上一枚小球。这项游戏据《丸经·集序》记载，始于宋代，“至宋徽宗、金章宗皆爱捶丸”。

真正的游戏，裁判藏于自己的内心。

规则

无法回避高尔夫运动进入中国后面临的现实。

一个颇值得玩味的段子，关于中山温泉高尔夫球场的由来。这所1984年中国内地最早启用的高球场，据说起因是霍英东的一场违规。

1980年，学打高尔夫一年的霍英东被香港粉岭高尔夫球会外籍管理判违规，禁止下场一个月。原因是“违反了不得自己挑选球童的规定”。霍英东一怒之下，拉上郑裕彤，在中山建起高尔夫球场。

然而规则终究是规则。

从一开始引进就是走日本模式的高尔夫运动，因为走高端路线而时常成为“比富”的工具。在西湖国际高尔夫做总经理时，有个身家数亿的会员，在球场上违规，杨科军毫不给面子。

在他的球场，他坚持规则必须被遵守：“高尔夫就是平等，一视同仁。只有良性的，才能持续运转。”那位会员，后来成了他的朋友。

而在他的三十年高球职场生涯中，高尔夫球场的争议和整顿也从未停止。

杨科军某次去苏格兰圣安德鲁斯某个球场（圣安德鲁斯被称作高尔夫球的故乡），出租车司机接过他们的行李，打开车后备厢，里面竟有球包。司机泰然地说：“送你们过去，我顺便也去打一局。”

在欧美，高尔夫从大众化到超五星，层次分明。

而即便在日本，高球也已经回归到理性，普通球会的入会费不过一两万人民币，打一场球平日不过三四百。

在杨科军看来，政策的制定会比从前更严格，对于规范行业而言，并非坏事——只要它开放。可能的情况下，高尔夫球场要利用的是废弃的、难以开发的土地，给予整合，而国家则给予政策上的支持。

“如果在未来，出现适合大众的球场，一两百块钱打一场球，一场球四五个小时，还会被人看作是富人的游戏吗？”

初心

杨科军正为他们的青少年高尔夫培训基地选址。

青少年培训基地在北上广早已有之，杭州也已出现。当世界变成平的，中国的孩子到国外申请高中、大学，发现高尔夫是可以加分的，因为可以融入他们的社会。然而产生融入感的终究是文化而非球技。所以杨科军的要求也许更高些：他未来的小弟子，不仅要学打球，而且要学做人。小学二三年级起，就可以。

“家富小儿娇。今天的年轻人动不动说，这个太浪费时间了。

说，让我做这个，有什么好处？你同他讲，这样的初心是不对的，没有用。因为他受的教育就是这样的。我们的古人说什么？志于道、据于德、依于仁、游于艺。一个人除了有志向有德行，还要在兴趣爱好中游刃有余——看一个人值不值得交往，看他的兴趣爱好。”

“有些事，需要慢慢来。在日本，有餐厅几十年就卖一样产品：米饭；又有一趟列车，只为一个乘客而开：一个高中生，直到她毕业才停开。这种源自中国文化的以舍为得，慎终如始，是我们今天真正需要思考的。”

时间退回到三十多年前，那时杨科军还是国旅杭州分社日本部的部长。那时候他似乎没有休息日，仗着年轻超负荷运作。他的业务能力被公认，日本青年访华，他在省体育馆做翻译；日本客人欣赏他的业务水准，送上礼物。

那时候他并不知道自己有一天会站在果岭上，并会有一些奇特的经历随之而来。

在那颗小白球被推进洞前，他一直保持着慎终如始的专注。

赵霞与郑历，杭州明视康眼科医院的两位院长——熟悉他们夫妇俩的人很多，而第一次与他们见面的人也会由衷觉得彼此好有眼缘。他们出现在我们视线里的时候，除了给人玉树临风的感觉，最直感的，还有他们温暖和清澈的眼神，玉一样温润，美好极了。

郑历、赵霞：以自己的方式

口述 | 赵霞，撰文 | 潘宁

明视康二楼的候诊大厅面积不大，但透出的气息却很温暖，深色布料的沙发，热乎乎的红茶，还有那些玻璃纸斑斓的糖果，足以抵消我们就诊时固有的忐忑与不安。

赵霞与郑历，杭州明视康眼科医院的两位院长——熟悉他们夫妇俩的人很多，而第一次与他们见面的人也会由衷觉得彼此好有眼缘。他们出现在我们视线里的时候，除了给人玉树临风的感觉，最直感的，还有他们温暖和清澈的眼神，玉一样温润，美好极了。

郑历是我国著名眼科专家，“近视激光第一人”，杭州明视康眼科院长，中华眼屈光俱乐部全国首批6个常务理事之一；他在浙江省第一个率先开展准分子激光手术，第一个把当时世界上最先进的激光近视手术技术“飞秒激光”引入浙江；他是国内施行准分子激光手术最多的专家，也是中华人民共和国卫生部组织设立的准分子激光角膜屈光手术治疗标准的制定者之一。

人说，要成为行家，必须要成为行痴。郑历最大的个性是什么？是纯粹。郑历也是医痴。

这是个外表看上去就很纯粹的人，不抽烟，不喝酒，甚至不喝茶；他不玩麻将，不去娱乐场所，所有的游戏都与他无缘；他也不玩精英人士圈时兴的运动项目。他不善言辞，也不擅交际，而一上专业讲台，或是传道授课，或是学术研讨，却可以口若悬河，谈笑风生。

很多时候，由于骄人的成就，郑历有机会担任各种社会职位，有可能获得各种社会荣誉，但他在这件事上，也同样纯粹，只有与医有关，与眼科有关，他才会动心。

在郑历看来，只有一件事，可以让他收获欣喜，那就是每一次为患者成功手术。他沉迷于此，乐此不疲。也因此，他痴迷于先进技术、先进器械。事实上，12年明视康，走过的是一条坚持紧跟世界最先进技术，与世界前沿技术接轨同步的技术立院立人的道路。

郑历说，明视康治疗近视的设备，是通过美国FDA、日本厚生省及中国SDA三重认证的世界第一品牌——美国VISX-IR-STAR-S4准分子激光治疗仪，三维立体跟踪、波前像差、虹膜定位、飞秒技术……明视康始终关注医学科技发展趋势，坚韧不拔地跟踪最新技术，与世界同步前进。

一个可以佐证最新一代飞秒激光技术之高精尖的细节是：患者进入手术室，连香水都不能搽。郑历的说法是，空气中的香水分子会影响手术效果。

而另一个不得不说的人是医院行政院长赵霞，穿着白大褂的她有敏锐的眼神，干练的身形。她的“扬”，恰好补充了郑院长身上的那股子“抑”，事业与生活上能达到“共修”的夫妇，实在让很多人羡慕。

医者仁心。赵霞说，医院是最需要人文关怀的地方，关爱员工，关爱病人，承担更多的社会责任。医患关系紧张的当下，明视康的投诉几乎为零，所有温馨的一切是这样点点滴滴铸就而成的。

赵霞的微信朋友圈里有个“公羊会”，是个民间公益组织，“他们像羊吃草一样，获取的很少，给予的很多。”这群从事户外运动的朋友，长期以来自费购买高端户外救援设备，在一些突发事件中实施救援，赵霞非常佩服他们，“我对朋友说，你们走泥泞的山沟、上险峻的高原，这些我不行，但我也想以自己的方式出点力，向你们学习”。

作为省政协委员，赵霞在刚刚闭幕的省“两会”提案是围绕“医改举措、医患关系如何改善”展开的。这位市三八红旗手和区最美人物，每年都要带全体员工出境。除了慰劳员工，更为了让员工开阔眼界，更新观念。“他们感受过好的、先进的、文明的、新潮的东西，才会把这些传递给病人。好的服务是无价的。”

在明视康的眼里，永远只有患者。在赵霞的眼中，永远只有员工。

关于明视康——民营医院的一种生存版本

明视康注重给每一个前来就诊的患者提供高端的服务。高端，首先体现在我们为每一个患者提供服务的时间上。

关于时间，明视康是非常舍得的。首先明视康会针对你的具体情况，看你能不能做这个激光手术，一边做检查，一边根据这个数据给你提供服务。

有一些病人，他们很想做这个手术，但对这个领域一无所知，还在顾虑。他犹豫，那我们就先不做检查，和他慢慢聊。专家会问他，为什么想做这个手术，是想考公务员，还是想出国，等等。每一个想做近视激光手术的人，总有属于他们的理由。

然后我们会告诉你，你摘眼镜的优势在哪里，弊端在哪里，优势会带来哪些好处和方便；还有，根据你目前的年龄，你可能会碰到什么样的问题，这个问题你能不能接受？比方说，你49岁来找我们做手术，你要面临手术完了以后，近视消失了，你的视力上去了，但接踵而来的是眼睛老花的问题。然后，我们会告诉你，眼睛老花了，是一种怎样的感觉，我们会让他试戴一下老花镜。如果他是搞摄影的，或者喜欢跳舞，喜欢旅游，那肯定是摘掉近视眼镜比较好，但如果他是做财会的，做文字书写工作的，那么，眼睛一老花以后，看近距离的能力会下降，那么，戴个老花镜你接不接受？能接受的，那么你就做。

对明视康而言，术前沟通真的很重要。

比如你正好20几岁，我们会告诉你选择什么样的手术，帮助你避免风险，因为你还年轻，因为你要打球、跑步、郊游，受外伤的概率相对大一点，那么做这个手术后你可以干什么，不能干什么。我们会帮你选择手术方式，要选一个安全系数更好的，能抵御外伤的，比如宇航员都特别喜欢的一种手术方式，虽然贵一点，但是对你的安全是有保障的，不仅仅是提高视力的问题，还有抵御外伤的作用。

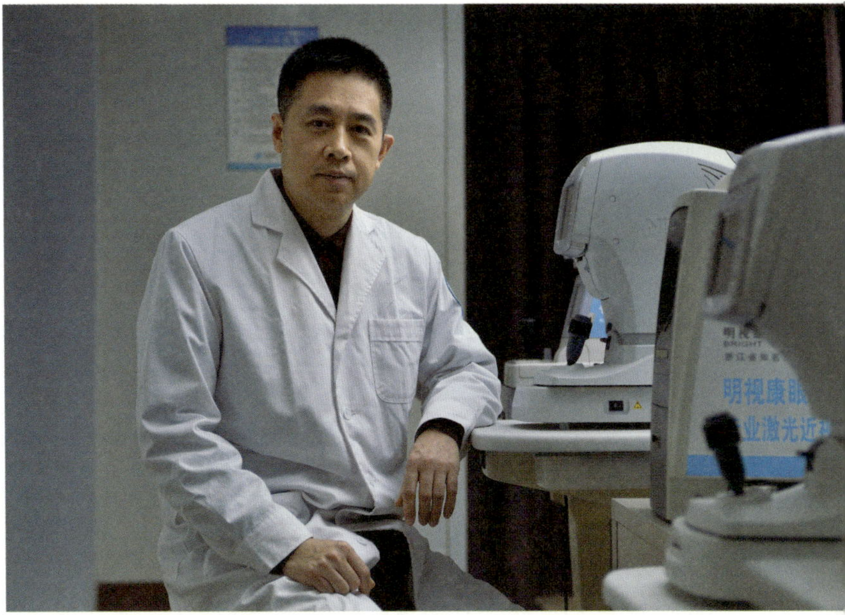

为什么明视康的投诉会这么少，病人满意度会这么高，我们就是在沟通过程中做了很多很多事情，这是我们非常看重的一件事情。

还有，我们引进那么先进的专业检查仪器，也是想更好地规避一些风险。

要知道，有一类人，他们是无论如何都不能接受激光治疗的，虽然这样的人所占的比例，少之又少，但这类人，单凭肉眼检查是绝对筛选不出来的，用常规仪器也没法筛选。这就跟我们讲肿瘤是一样的，我们的 X 光能发现拳头那么大的肿瘤，CT 检查能发现鸡蛋那么大的肿瘤，核磁共振，能看到西瓜籽那么大，那么使用 PTCT——目前顶级的仪器，比绿豆还小的肿瘤就能发现了——发现更早期更微小的肿瘤靠什么？靠的是更先进的仪器。

明视康和一般筛选疾病的过程刚好相反——医院用 PTCT 发现更早期更隐蔽的肿瘤，以进行及早治疗，我们是用更先进的仪器来发现什么样的个体不适合做近视激光手术。

随着仪器的不断发明、不断被引进使用，我们诊断的水平也有所提高，但反过来病人的数量就会下降，但这就是医生的天职，职业操守就当如此，我们能让你规避很多风险，在一个安全的范围内给你手术，这样病人安全，因为我用了目前最好的设备也没发现你有问题，那样我们做手术的时候心里也很踏实，很坦荡。

赵霞谈郑历——他的专注与执着，是我们整个准分子行业领域里面公认的

郑历是一个很专注、很执着的人，他的专注与执着，是我们整个准分子行业领域里面公认的，同行对他的认可，让我很感动。

这里有一段来自同行的评价："我想介绍一下我对郑历成功的感悟，我认为郑历和明视康之所以成功，是因为他们专一、专注、专业。郑历是浙江省立三甲医院出来的，也是'文革'后第一批培养起来的专家，自然，他具备全面的坚实的眼科经验，然而，他们创业以来只坚持专一的眼屈光手术，自从他离开公立医院后，从未放弃过对眼屈光手术的研究，始终站在中国眼屈光手术领域的最前沿，这叫专业。从管理角度，他们是在用心做企业，从门诊的沙发，到上网的电脑，以及一些小视频，无不表达了他们的管理心血，从郑历的明星照片，到郑历的专一，更体现了他们对高端医疗服务的深刻领会，这叫专情。"

我和郑历，我们两人当年离开公立医院，因为当时想买一个自己喜欢的可靠的设备，在公立医院是没有这样的可能的——公立医院对于仪器设备，是要把它用到极致的，必须耗尽设备的体能，所以更新速度比较缓慢。

我们就是特别渴望自由，对于领域内最新最厉害的设备的购买自由。公立医院还在使用前几代仪器的时候，世界上已经有更先进的仪器问世了，更先进的仪器自然能提供更为严密的数据。

郑历就十分迷恋这样的数据。

我们出来自己办民营医院，就是想满足郑历这样的需求，13年了，我们已经买了6台设备，在专业领域里面，这种不断引进新设备的举动得到了国内同行的羡慕，在美国哈佛医学院进修的同行也羡慕不已。

郑历的生活很简单，他不喜欢饭局，不喝酒，不抽烟，从年轻时就那样，你看，他连聊天都不和我们聊！

他性格很拘谨，声音也不那么洪亮，可是，你要是问他医学上的问题，他可以解释两个小时。和我们聊天，两分钟他就走了，跟同行在一起的时候，话特别多，每次我觉得开会是他最快乐的事情。人家问他一个问题，他可以不厌其烦地跟人家说很多很多遍，和同行交流时就好像有一个平台，讲起来还是蛮愉悦的，虽然声音不响亮。

他的动手能力非常强，每买来一个设备，他就像小孩子拿到心爱的玩具，就差把它拆得七零八落，然后又把它拼装起来了。

厂家觉得，很少遇到这样的医生。

很多医生都跟我们开车一样，买了车，我只会开，我根本不知道发动机是怎么工作的，这个按钮盒这个数据是干什么的，但一个汽车发烧友一定不是像我们这样去对待一部车的。引擎盖打开，里面电路怎么样，回路怎么样，每一个按钮，每一个功能都能了如指掌。

我们国内很多专家，都跟我们开车一样，只会开车，停车，加个油，最多保养一下，对汽车很多性能根本不了解，什么马力多少，加油门的时候速度多少，跟我又没有关系。很多医生对待仪器也是这样的，他们只用了这个设备的一部分功能。

郑历不一样，他提出的观点人家都觉得很独特。

很多设备商把设备销售给我们后，对我们的反馈意见也特别重视，他们国内的包括华东地区的总工程师都对郑历提出的问题听不懂，太深奥了，太奇怪了，最后只能把德国的工程师叫过来。

郑历所做的是更大限度地保证病人的安全，每一个数据，每一个指标都去印证，去考证，去研究透彻。他很细心，就像我们两个人去买衣服，我只看款式，他会看扣子钉得紧不紧，这种对细节的极度关注，与生俱来。